青少年课外阅读系列丛书　　本丛书编委会◎编

培根随笔

Kewai Yuedu Xilie Congshu

（英国）弗兰西斯·培根/原著

世界图书出版公司
广州·上海·西安·北京

图书在版编目（CIP）数据

培根随笔 /《青少年必读丛书》编委会编. —广州：广东世界图书出版公司，2009.10（2021.11重印）

（青少年必读丛书）

ISBN 978-7-5100-1100-9

Ⅰ. 培… Ⅱ. 青… Ⅲ. 随笔—作品集—英国—中世纪—缩写本 Ⅳ. I561.63

中国版本图书馆 CIP 数据核字（2009）第 170044 号

书　　名	培根随笔
	PEI GEN SUI BI
编　　者	《青少年必读丛书》编委会
责任编辑	程　静
装帧设计	三棵树设计工作组
责任技编	刘上锦　余坤泽
出版发行	世界图书出版有限公司　世界图书出版广东有限公司
地　　址	广州市海珠区新港西路大江冲 25 号
邮　　编	510300
电　　话	020-84451969　84453623
网　　址	http://www.gdst.com.cn
邮　　箱	wpc_gdst@163.com
经　　销	新华书店
印　　刷	三河市人民印务有限公司
开　　本	787mm×1092mm　1/16
印　　张	13
字　　数	160 千字
版　　次	2010 年 7 月第 2 版　2021 年 11 月第 9 次印刷
国际书号	ISBN 978-7-5100-1100-9
定　　价	38.80 元

版权所有　翻印必究

（如有印装错误，请与出版社联系）

前言

Qing shao nian bi du cong shu

弗兰西斯·培根（1561～1626），英国文艺复兴时期杰出的哲学家和文学家，出身于官宦之家，自小聪明伶俐，深得伊丽莎白女王的喜爱，被女王称为"朕的小掌玺大臣"。培根12岁即入剑桥大学，23岁就任议员，开始显示自己的政治潜能。不过他的仕途并不顺利，伊丽莎白在位时，他并没有受到赏识。直至詹姆斯一世即位，他才时来运转，先是成为新授勋的爵士之一，接着又先后出任副检察长、首席检察官、枢密顾问、掌玺大臣和大法官等职，并被授予圣阿尔班子爵。后因受贿而遭弹劾并被革职罚金，郁郁终生。他一生著述颇丰，主要作品有《培根随笔集》、《学术的进展》、《新工具论》，以及《亨利七世史》和《新大西岛》等。

在这本《随笔》中，培根谈及了政治、经济、宗教、爱情、婚姻、友谊、艺术、教育和伦理等话题，几乎触及到人类生活的方方面面。作为一名学识渊博且通晓人情世故的哲学家和思想家，他对所谈及的问题均有发人深省的独到见解。从他的谈论中，还透露出培根不同的个性侧面——热衷于政治，深谙官场运作的培根；富有生活情趣的培根；自强不息的培根；工于心计、老于世故的培根……

《培根随笔集》是英国随笔文学的开山之作，以其简洁的语言、优美的文笔、透彻的说理、迭出的警句，在世界文学史上占据了非常重要的地位，"读之犹如聆听高人赐教，受益匪浅"。被译成多种文字出版，至今畅销不衰。

1985年被美国《生活》杂志评选为"人类有史以来的20种最佳书"之一；同年入选美国《优良读物指南》的推荐书目。

目录

一　论真理 ············· 1

二　论死亡 ············· 5

三　论宗教信仰 ········· 8

四　论复仇 ············· 14

五　论逆境 ············· 17

六　论韬晦 ············· 19

七　论家庭 ············· 23

八　论婚姻 ············· 25

九　论嫉妒 ············· 28

十　论爱情 ············· 35

十一　论权位 ··········· 38

十二　论勇敢 ··········· 43

十三　论善良 ··········· 46

十　四	论贵族	50
十　五	论叛乱	52
十　六	论无神论	60
十　七	论迷信	64
十　八	论旅行	68
十　九	论帝王	71
二　十	论忠告	77
二十一	论时机	82
二十二	论狡猾	84
二十三	论自私	88
二十四	论革新	90
二十五	论迅速	92
二十六	论小聪明	94
二十七	论友谊	96
二十八	论消费	104
二十九	论强国之道	106
三　十	论养生之道	115
三十一	论猜疑	117
三十二	论言谈	119
三十三	论殖民事业	121

三十四	论财富	……………………	124
三十五	论预言	……………………	128
三十六	论野心	……………………	133
三十七	论宫廷化装舞会	……………	136
三十八	论天性	……………………	138
三十九	论习惯	……………………	141
四　十	论幸运	……………………	144
四十一	论贷款	……………………	147
四十二	论青年与老年	………………	151
四十三	论美	………………………	154
四十四	论残疾	……………………	156
四十五	论建筑	……………………	158
四十六	论园艺	……………………	161
四十七	论谈判	……………………	166
四十八	论仆侍	……………………	168
四十九	论律师	……………………	170
五　十	论读书	……………………	172
五十一	论党派	……………………	174
五十二	论礼貌	……………………	176
五十三	论称赞	……………………	178

五十四	论虚荣	180
五十五	论荣誉	183
五十六	论法律	185
五十七	论愤怒	189
五十八	论变迁	192

弗三西斯·培根年谱 …………… 196

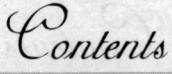

一　论真理

"什么是真理①?"彼拉多当年提这个问题时,是不指望得到答案的。世人②多数心随境变,他们认为坚持一种信念就等于自戴一种枷锁,会使思想和行为受到束缚。作为一种学派,虽然怀疑论早已消逝,但持这种观点者却仍大有人在——尽管他们的观念并不像古人那样清晰而透彻。

人们宁愿追随诡言,也不去追求真理的原因,不仅由于探索真理是艰苦的,真理会约束人的幻想,而且是由于诡言更能迎合人性中的那些恶习。后期希腊有一位哲学家③曾探讨过这个问题,因为他不能理解,为什么一些欺世诡言能如此迷人,尽管它们既不像诗歌那样优美,又不像经商那样能使人致富。我

---

①见《圣经·新约·约翰福音》第18章。彼拉多是罗马委任的犹太国总督,他审讯过耶稣。当耶稣说,我来到世间是为了传播真理时,他嘲笑地说了这样一句话。
②指古希腊的智者派、古罗马的怀疑派哲学。
③指古希腊哲学家卢西恩(125~180)。晚期希腊哲学中怀疑主义的批判者。

也不懂这究竟是为什么——难道人们仅仅是为了爱好虚假而追求虚伪吗？也许因为真理好像阳光，在它的照耀下，人世间所上演的那种种假面舞会，远不如在半明半暗的烛光下显得华丽。

对世人来说，真理犹如珍珠，它要在阳光的照耀下才变得明亮。真理不是那种红玉或钻石，需要借助摇曳不定的烛光而幻化出五彩缤纷的色彩。

真真假假的诡言会给人带来愉快。假如把人们内心中那种种虚荣心、虚妄的自我估计、各种异想天开的揣想都清除掉，许多人的内心将会显露出许多渺小、空虚、丑陋，以至连自己都感到厌恶。对这一点，难道有谁会怀疑吗？

曾有先哲责备"诗"，诬之为"魔鬼的迷幻药酒"[1]，因为诗不仅出自幻想，而且其中总有着虚幻的成分。而实际上诗又怎么会比谬误更诱惑人呢？真正可怕的，并不是那种人人都难以避免的一念之差，而是那种深入习俗、盘踞于人心深处的谬误与偏见。

尽管人世腐败，但只要人接触到真理，还是不能不被真理所征服。因为真理既是衡量谬误的尺度，又是衡量自身的尺度。神圣的教义是——追求真理而与之同在，认识真理而敢于面对，信赖真理而对之皈依，这才是人性的崇高境界。

在上帝创世的最初日子里，他首先创造了光——第一是知

---

[1] 此语源于柏拉图 (347~420)。圣奥古斯丁 (354~430) 亦责备诗歌是"魔鬼之诱饵"、"药酒"等。

觉,其次是理智,最后赐给人类以良知的心智之光①。上帝把光明赐予混沌的物质世界,又在安息日用光明照亮了人类的心灵,并且至今还把神圣的光辉赐予他所恩宠的选民。

有一派感性主义哲学,它在许多方面都是肤浅的,但其中一位诗人②却由于向往真理而流芳于世。他曾说过:"居高临下遥看颠簸于大海中的航船是愉快的,站在堡垒中遥看激战中的战场也是愉快的,但是没有能比攀登于真理的高峰之上而俯视尘世中的种种谬误与迷障、烟雾和曲折更愉快了!"——只要俯看者不自傲自满,那么这些话的确说得好极了!是啊,一个人如果能在心中充满对人类的博爱,行为上也遵循崇高的道德律,永远围绕真理而转动,那么他虽生在人间,也就等于步入天堂了。

以上谈了神学和哲学方面的真理,还要再谈谈实践的真理。甚至那些根本不相信真理存在的人,也不能不承认光明正大是一种崇高的美德。伪善正如假币,也许可以骗取到货物,但它毕竟不能体现真正的价值。欺诈的行为像蛇,它无法用足站立,而只能靠肚皮爬行③。

没有任何罪恶比虚伪和背叛更可耻了!所以蒙田④在研究

---

① 见《圣经·旧约·创世纪》第1章。
② 指伊壁鸠鲁派哲学家卢克莱修(罗马人,约前99~约前55),名著有《特质论》,认为感觉是一切的尺度。
③《圣经》中的故事,说蛇引诱亚当、夏娃犯罪,于是神诅咒蛇:"你必用肚子行走,终生吃土。"
④ 蒙田(1533~1592),法国著名作家,著有《散文集》,引文见该书卷二《论谎言》。

"骗子"这个词为何如此时说得好："深思一下吧！说谎者是这样一类人，他敢狂妄地面对上帝，却不敢勇敢地面对世人！"

事实正是如此！曾经有一个预言说，基督返回人间的时刻，就是在大地上找不到诚实者的时刻——因为谎言就是请求上帝来执行末日审判的丧钟。对于虚伪和欺诈者们，这可是一个严肃的警告啊！

二　论死亡

　　就像儿童畏惧黑暗一样,人类对死亡的恐惧,也由于听信了太多的鬼怪传说而增大。

　　其实,与其视死亡为恐怖,倒不如采取一种宗教性的虔诚,从而冷静地看待死亡——将其视为人生必不可免的归宿,以及对尘世罪孽的赎还。

　　如果将死亡看作是人对大自然的被迫献祭,那么当然会对死亡心怀恐惧。不过,在虔诚的沉思中,也会掺杂有虚妄与迷信。在一些修道士的苦行录中,可以读到这样的说法:试想一下一指受伤就极其痛苦!那当死亡侵损人的全身时,其痛苦就更不知要大多少倍了。实际上,死亡的痛苦未必比手指的伤痛重——因为人身上致命的器官,也并非是感觉最灵敏的器官啊!所以,塞涅卡[①](以一个智者和一个普通人的身份)讲的是对的:"伴随死亡而来的一切,甚至比死亡本身更可怕。"这是指人在面临死亡前的呻吟与痉挛,惨白的肤色,亲友的悲嚎,丧服与葬

---

① 塞涅卡(4~65),罗马哲学家、作家、道德哲学家。

礼，如此种种都把死亡的过程衬托得十分可怖。

然而，人类的心灵并非真的如此软弱，以至不能抵御和克服对死亡的恐惧。人类可以召唤许多伙伴，帮助自己克服对死的恐惧——复仇之心可以压倒死亡，爱情之心能够蔑视死亡，荣誉感可以使人献身死亡，哀痛之心可以使人奔赴死亡……而怯懦软弱却会使人在死亡尚未到来之前心灵就先死了。

我们在历史中曾看到，当奥托大帝伏剑自杀后[1]，他的臣仆们只是出自忠诚和同情（一种软弱的感情），而甘愿毅然随之殉身。而塞涅卡说过："厌倦和无聊会使人自杀，乏味与空虚也能致人于死命，尽管一个人既不英勇又不悲惨。"

但有一点应当指出，那就是死亡无法征服那种伟大的灵魂。这种人，直到生命的最后一刻，也始终如一，不失其本色。

奥古斯都大帝在弥留之际，他唯一关注的就是爱情："永别了，丽维亚，不要忘记我们的过去！"[2]

而提比留斯大帝根本不理会死亡的逼近，正如塔西佗所说："他虽然体力日衰，智慧却犹存。"

菲斯帕斯幽默地迎候死亡的降临，他坐在椅子上说："难道我就将这样成为神吗？"

卡尔巴是死于意外，但他却勇敢地对那些刺客说："你们杀

---

[1] 参见塔西伦《历史》第2卷49章。
[2] 奥古斯都、提比留斯、菲斯帕斯、卡尔巴，均为古罗马皇帝及英雄人物。上述四段史事参见苏维托尼乌斯《罗马十二帝王传》。

吧，只要这对罗马人民有利！"随后就从容地引颈就戮。

塞纳留斯[①]临死前所惦念的还是工作，他的遗言是："假如还需要我办点什么，就快点拿来。"诸如此类，视死如归者，大有人在。

从上文可以看出，斯多葛学者们未免把死亡看得过于严重了。以致他们不厌其烦地讨论对于死亡的种种精神准备。而朱维诺[②]却说得好："死亡是大自然赐给人类的一种恩惠。"

死亡与生命都是自然的产物，一个婴儿的降生也许与死亡同样痛苦。在炽烈如火的激情中受伤的人，是感觉不到痛楚的。而一个坚定执著、有信念的心灵也不会因对死亡的畏惧而陷入恐怖。

人生最美好的挽歌，无过于当你在一种有价值的事业中度过了一生后能够说："主啊，如今请让你的仆人离去。"

死亡还具有一种作用，它能够消歇尘世的种种困扰，打开赞美和名誉的大门——那些生前受到妒恨的人，死后将为人类所敬仰！

[①] 参见卡西斯《罗马史》第67章。
[②] 朱维诺(155~135)，罗马作家。

三　论宗教信仰

宗教信仰是人类社会重要的支柱之一。如果宗教信仰是统一的,那么人类将是幸福的。

对于异教徒来说,他们似乎从来不曾为信仰和见解的不同而陷于纷争。也许是因为他们的宗教虽有典仪却缺乏理论吧。只要想想他们的教长都是浪漫的诗人,你就可以理解他们的宗教到底是什么了。但是我们的上帝却是一位"忌妒"之神①,因此他既不允许有不纯的信念,也不允许奉祀异教的神灵。但是,究竟如何才能使信仰保持一致,这个问题值得深究一下。

保持信仰一致的意义有两方面,一是与教会内部的人有关,一是与教会外部的人有关。对前者来说,异教与其信徒是玷污圣灵的,是一切道德败坏中的最恶者。正如由人体伤口进入的

---

①语出《旧约·出埃及记》第20章2节~5节中上帝对以色列人的训示:"吾乃耶和华汝等之上帝……尔辈除我之外不可再奉他神……吾乃好忌妒的上帝。"

异物导致腐烂一样,精神上的腐败也会由此而来。

所以,散布对于信仰的各种不同见解,更能导致宗教的分裂。这犹如有人呼唤——看哪,基督正在旷野之中!而另一些人也在呼唤——看哪,基督正在圣坛之上!那么让我们究竟追随谁呢?在这种情况下,我们最好的办法恐怕只有一个,这就是基督自身说过的那句名言:"你们既不要出去,也都不要相信!"①

圣保罗(他的使命是要感召那些无信仰者)曾说:"如果一个异教徒听到你们这些各说各话的教义,他恐怕只会认为这里有一群疯子。"对于本来就无信仰的无神论者,看到宗教之中的这种矛盾冲突,更会使他们远离圣殿,而高踞于"亵渎者"的座位之上了。

从前有一位幽默家虚拟了一套丛书,其中有一本叫"异端教派的摩尔舞"。②也许有读者会认为,在谈论如此重大问题时援引此例未免不恭。然而它所嘲弄的却正是异端攻讦者的可笑嘴脸。

信仰的一致会给教徒带来和平。而和平就是幸福,和平树立信仰,和平培养博爱。这样,以前浪费于写争论文章的精力,现在就可以转移到写信仰和诚实忏悔的论文上了。

至于如何使信仰一致,这也很重要。有两种极端的看法。对某些激烈分子而言,所有的调和与妥协都是可憎的。正如《旧

---

①以上引言可参见《新约·马太福音》第24章25节~26节。
②古代英国的民间舞。多在5月1日举行。

约》中所说:"和平不和平与你何干?使者你转回身去吧!"这一派人是只要宗派不要和平的。与此相反的做法是,有些教派一味追求妥协折中,甚至不顾信仰的基本原则。这两种极端的态度都是应当避免的。协调信仰的最好原则就是:

——"凡是不帮助我们的,就是反对我们。"(凡不是我们朋友的,就是我们的敌人)

——"凡是不反对我们的,就是帮助我们。"(凡不是我们的敌人,就是我们的朋友)

换句话说,只要在信仰的大前提上没有分歧,那些观点、教义和解释上的差别,就可以求大同存小异,而不应为之煽动分裂。

在这里我还略有一点小小的见解。

大家应注意,使宗教信仰分裂的原因,往往是两种性质的争论。

一种是所争论的论点本来分歧不大,只是由于争论的态度激发了仇恨。圣奥古斯丁曾这样说过:"基督的服装是天衣无缝的,但是教会的衣服却有许多种颜色。"因此他又说:"可以让衣袍有多种色彩,但是却不能将它撕裂。"这就是说,和谐统一与专制划一并非一回事。

另一种争论本来是关于本质问题的,但愈争到后来,却愈陷于诡辩。一个有学识的人,时常会遇到一些无知浅学之辈提出某种表面的异议。他理解他们,因为他们的意思在实质上和他并无分歧,虽然他们由于误解和浅见而在攻讦他。人对人尚能如此，那么全知全能的上帝，难道还不能超越世俗教徒那些表面的纷争，而洞悉他们信仰的实质吗？所以对此类争论，圣保罗曾这样警告我们：

"不要滥用新奇的名词，制造似是而非的新学问。"

但事实却是，某些人专喜欢那些新鲜的名词术语，不是让意义支配词藻，而是让词藻支配意义。

信仰的一致，还有两种虚假的情况。

一种是以盲从的愚昧为基础，比如在黑暗之中，所有的猫看起来都是灰色的。

另一种是全盘吸收本质上互相矛盾的一切观念和理论。结果将真理与谬误搅在一起，就像听任铜像的盔甲上沾满污泥一样。

我们要注意真正的信仰一致，应当有利于巩固人类之间的博爱和社会的组织。基督徒手中握着两柄剑——一柄用于灵魂问题，一柄用于尘世问题。这两柄剑应该各有其用。但是，千万不要操起那另一把剑——这就是穆罕默德的剑[①]。我讲话的意思，就是绝不能以武力、流血和屠杀来强制地推行一种信仰。当然，这并不包括诸如用宗教信仰煽动武装叛乱那样的情况。

若试图以武力统一信仰，那是违背天意的，这是用上帝的

[①] 穆罕默德是伊斯兰教圣主，主张以武力传教。

一种训谕去否定另一种训谕。要知道,上帝认为人类不仅是基督徒,而且首先应该是人。所以当罗马诗人卢克莱修①看到阿伽门农王用亲生女儿向女神献祭时,他叹息说:

"宗教信仰竟能使人犯下如此的罪恶!"

但如果他能看到法兰西1572年8月23日巴托罗缪节之夜的异教徒大屠杀,以及1605年11月5日信徒福克斯谋杀英王和议员的阴谋,他就会更有理由发出这种感叹,并且更坚决地反对宗教和主张无神论了!

所以尘世之剑,最好不要为宗教信仰问题而挥舞!而如果把宗教之剑交给庸众去操持,就更荒谬可怕了!这种做法只有魔鬼和那些"再受洗教派"②的狂热迷信分子才会采用。

魔鬼说:"我要升临天堂与上帝并驾齐驱。"这固然是肆无忌惮的渎神言论,但是,如果让上帝化为人身,并让他说"我将降临人间与魔鬼一样可怖",那不是更肆无忌惮的渎神之举吗?!但是,如果以宗教的名义谋杀君王、屠宰人民,颠覆国家和政府,把圣灵的徽识由鸽子变成兀鹰和乌鸦,把普渡众生的慈航变做凶残的海盗之船,其所作所为不正是这种渎神之举吗?

因此,对于一切以宗教和信仰名义进行煽动的暴力行为,以及一切为这种行为辩护的邪说,君王们都应当用他们的法律和剑,学者们也都应当以他们的笔——犹如天使挥动夺魂的金

---

① 卢克莱修(前97~前35),古罗马诗人、哲学家,伊壁鸠鲁学派。
② 再受洗教派,是18世纪欧洲的一种宗教狂热教派。

杖,最无情地将其投畀豺虎,投诸地狱!在一切关于宗教的理论中,最高明者无过于使徒圣雅各的这句话:

"愤怒的情感并不能体现上帝的正义!"

还有一位古代神学家也说过同样坦率的话:

"凡施压强制别人信仰的人,肯定具有本身的目的和私利!"

这些话实在意味深长,引人深思呵!

四　论复仇

复仇是一种原始的公道。人的天性愈是趋向它，法律和文明就愈应当剪除它。因为一种罪行只是触犯了法律，而私刑却公然取消了法律。

其实，报复只能使你与冒犯你的人扯平。然而，如果有度量宽谅别人的冒犯，就使你比冒犯者高明。这种大度是君子之道。据说，所罗门①曾说："以德报怨是一种光荣。"过去的事情毕竟过去了，是不能再挽回的。智者总是着眼于现在和未来，念念不忘旧怨只能使人枉费心力。何况为作恶而作恶的人是没有的，作恶都无非是为了利己自私罢了。既然如此，又何必为别人爱自身超过爱我们而发怒呢？即使有人作恶是因为他生性险恶，这种人也不过像荆棘而已。荆棘刺人乃是因为它本性如此啊！

假如由于法律无法追究一件罪行，而不得已自行复仇，那也许是可以理解的。但这也要注意，你的报复要避免违法，最

---

①所罗门（前1015~前977）以色列贤王，以智慧著称。

好是能逃脱惩罚。否则你将使你的仇人占两次便宜：一次是他冒犯你时，一次是你因报复他而被惩罚时。

有人乐于采用光明正大的方式报复敌人，这是可赞佩的。因为复仇的动机不仅是为了让对方受苦，更是为了让他悔罪。但有些卑劣的懦夫却专搞阴谋诡计来报复，他们只会暗箭伤人，却又不让人弄清箭从何来。这就未免如同鬼蜮了！

对那种忘恩负义的朋友的报复，似乎是最有理由的。佛罗伦萨①大公卡西莫说："《圣经》上教导我们宽恕仇敌，但却从来没有教导我宽恕背信的朋友。"相比之下，《圣经》中约伯的话却高明得多，他说："难道我们只能向上帝索取好的而不要坏的吗②？"对于朋友，岂非也可以这样提问呢？对于朋友，我们既然承受友谊，也要宽恕其过错。

一个念念不忘旧恶的人，他的伤口将永远难以愈合，尽管那本来还是可以痊愈的。

只有为国家公益而行的复仇才是正义的。例如为恺撒被刺③，为波提那克斯④和亨利第三之死而复仇那样。然而，为私

---

①佛罗伦萨，意大利的一座城市，文艺复兴发祥地之一。卡西莫(1519~1574)，佛罗伦萨大公。

②语出《旧约·约伯记》第2章。

③恺撒，古罗马统帅。前44年被政敌刺杀。死后由奥古斯都大帝为之复仇。

④波提那克斯是公元2世纪之罗马皇帝，为叛乱士兵所杀。死后由部下将领复仇。亨利三世是16世纪法国国王。遇刺而死，其子为之复仇。

仇而斤斤图报却是可耻的。念念不忘宿怨而图谋报复的人,所度过的将是一种妖巫般的阴暗生活。他们为此而活着有害于人,为此而死也不利于己。

五　论逆境

　　"一帆风顺固然令人羡慕,但逆水行舟则更令人钦佩。"这是塞涅卡①效仿斯多葛派哲学②讲出的一句名言。确实如此。如果奇迹就是超乎寻常,那么它常常是在对逆境的征服中体现的。塞涅卡还说过一句更深刻的格言:"真正的伟大,即在于以脆弱的凡人之躯而具有神性的不可战胜。"这句如诗的妙语,其境界意味深长。

　　古代诗人曾在他们的神话中描写过:当赫克里斯去解救为人类盗取火种的英雄普罗米修斯的时候,他是坐着一个瓦罐漂渡重洋的。③这个故事其实也正是人生的象征:每一个基督徒,都是以血肉之躯的孤舟,横渡波涛翻滚的人生海洋的。

　　面对幸运所需要的美德是节制,而面对逆境所需要的美德

---

①塞涅卡,古罗马斯多葛派哲学家。
②斯多葛派哲学,有禁欲、苦行主义之称,故言。
③赫克里斯,希腊神话之大力士。普罗米修斯,盗天火给人类,因触怒宙斯而被缚于高加索之山,被赫克里斯所解救。

是坚韧,从道德修养而论,后者比前者更为难得。所以,《圣经》之《旧约》把顺境看作神的赐福,而《新约》则把逆境看作神的恩眷①。因为上帝只有在逆境中才使人感到更深的恩惠和更直接的启示。

如果你聆听《旧约》诗篇中大卫的竖琴之声,你所听到的并非仅是颂歌,还伴随有同样多的苦难与哀伤。而圣灵对约伯所受苦难的记载远比对所罗门拥有的财富的刻画要动人②。

幸福中并非没有忧虑和烦恼,而逆境中也不乏慰藉与希望。

最美好的刺绣,都是以暗淡的背景来衬托明丽的图案,而绝不是以暗淡的花朵镶嵌于明丽的背景之上。让我们从这种美景中汲取启示吧。

人的美德犹如名贵的檀木,只有在烈火的焚烧中才会散发出最浓郁的芳香。正如恶劣的品质会在幸福的边缘中被显露一样,最美好的品质也正是在逆境中释放出光辉的。

---

① 《圣经》之《旧约》,劝戒人类信仰上帝以获取幸福。《新约》则劝戒人类要承受因信仰而可能招致的痛苦。

② 见《圣经·约伯记》。约伯,希伯来之族长,一生含辛茹苦奉侍上帝。

六 论韬晦

韬光养晦，是弱者处于劣势时需要的智慧和策略。而强者无须掩饰自己，在现实面前，直言不讳。在政治中，韬晦是一种防御性的自全之术。

塔西佗曾说："里维娅①兼有她丈夫的机敏和她儿子的深藏不露。她的机智来自奥古斯都·恺撒，同时又拥有了提比留斯的深沉。"塔西佗又说，当莫西努斯②建议菲斯帕斯进攻维特里乌时，他这样说："我们所面对的敌人，既不具有奥古斯都明察秋毫的智慧，也不具有提比留斯含而不露的深沉。"

这些话都区分了谋略与韬晦两种素质的不同。对此二者，的确是应当认真辨别的。

一个人必须有深刻的洞察力，才能适时判断什么事应当公开做，什么事应当秘密做，以及什么事应当若明若暗地做，并深

---

① 里维娅（前58~前29），古罗马皇后，奥古斯都大帝之妻，提比留斯之母。
② 莫西努斯，罗马将军，公元1世纪人。菲斯帕斯，罗马皇帝。

刻地了解这一切的分寸和界限(这实际上就是塔西佗所谓的那种政治艺术)，对他来说，一定深知以退为进的韬晦之术。

一个人如果不具有这种明智的判断力，又将自己掩饰得过分，以至在应该讲话时也畏畏缩缩，这就暴露了他的软弱。

君子坦荡荡。强者往往具有光明磊落的精神，以及能谋善断的作风。他们就像那种训练有素的马匹，善于识别何时可以速行，何时应当转弯。既能恰到好处地运用坦率，又懂得在何时必须沉默。而即使他们因不得已而韬晦，也会由于人们对他一贯的信任而不易被识破。

韬晦之术亦分为上中下3策。

上策就是沉默。沉默使别人无法得到一丝探悉秘密的机会。

中策是施放烟幕，转移注意。也就是说，适当暴露事情中真实的某一方面，目的却是为了掩盖真相中更重要的那部分。

下策是散布谎言。即故意设置假相，掩盖真相。

关于第一点，经验表明，善于沉默者，常常能获得别人的信任，这被称作具有牧师的美德。守秘密的牧师肯定有更多的机会听到人类的忏悔。有谁会乐于对一个多嘴多舌的人敞开心扉披露隐私呢？

正如真空能吸收空气一样，沉默者能引来很多人深藏于内心的隐曲。人性使人只愿意把话倾诉给一个他认为能保守秘密的人听，以求减轻自己心灵的负担。因此，善于沉默是获得他人隐秘的最佳手段。

另一方面，赤裸裸的暴露总是令人害羞的（无论在肉体上或精神上）。一个善于沉默的人，则显得更加具有尊严。所以说，善于沉默也是一种修养。我们可以发现，那些饶舌者都是些空虚可厌的人物。他们不但议论知道的事情，而且议论他们所不了解的事情。还应当注意，沉默之术不仅表现为节制语言，而且应当控制表情。通常在观察人的时候，最微妙的显露内心之处，莫过于观察他的嘴部线条。表情是显露内心的敌人，其引人注意和取得信任的力量有时甚至超过语言。

再说第二点，掩饰和伪装有时是必要的。尤其在一个人对某事知情，却又不得不保持沉默的时候。对一个知情者，关心的人一定会提出各种问题，诱使他开口。即使他保持沉默，聪明人也能从这种沉默中窥视到某些迹象。所以说些模棱两可之词，有时正是为了隐藏真相而不得不披的一件罩衣。

至于谈到第三点，即作伪或说谎，我认为，即使它可能发挥某种作用，但其恶果终究会远远超过其益处的。一个骗子绝不是一个高明的人，而是邪恶的人。一个人初起说谎也许只是为了掩饰事情的某一点，但后来他就不得不说更多的谎，以便掩饰与那一点相关连的一切。虽然作伪有三点好处：第一可以迷惑对手，麻痹敌人。第二可以给自己留有余地，掩护退却。第三可以用谎言为诱饵，探悉对方的意图。所以西班牙人有一句成语：抛出一种假的意向，换取一种真的实情。

但作伪有三种害处不得不说：第一，说谎者永远是不堪一击的，因为他不得不随时提防被揭露。第二，伪装将使朋友也产生迷惑，从而失去合作者。第三，这也是最根本的害处，就是作伪将使人失去人格，从而毁掉人们对他的信任。

因此，比较明智的做法，就是努力建树真诚坦荡的形象，妥善地运用韬晦之术。不在万不得已之时，不要行欺诈之术。

七　论家庭

　　在子女面前，父母不得不隐藏他们的各种快乐、烦恼与恐惧。他们的快乐无须多言，而他们的烦恼与恐惧则根本不能说。子女使他们的劳苦变甜，也使他们的不幸更苦。子女增加了他们生活的负担，却减轻了他们对死亡的忧惧。

　　虽然动物也能传宗接代，繁衍不息；但只有人类才能拥有荣誉、功德和持续不断的伟大工作。然而，为什么有的人没有留下后代却留下了流芳百世的功业？因为他们虽然未能复制一种肉体，却全力以赴地复制了一种精神。其实这种无后继的人是最关心后事的人。创业者对子女期望最大，因为子女不但是他们族类的继承者，又是所创事业的一部分。

　　作为父母，特别是母亲，对子女常常会有不合理的偏爱。所罗门曾告诫人们："智慧之子使父亲欢乐，愚昧之子使母亲蒙羞。"①在家庭中，最大或最小的孩子都可能得到偏爱。唯有居中的子女容易被忘却，但他们却往往是最有出息的。

①语出《旧约·箴言》第10章第1节。

在子女小时不应对他们过于苛吝。否则会使他们变得卑贱，投机取巧，甚至堕入歧途，即使以后有了财富也不会正当利用。聪明的父母在对子女管理上应当是严格的，而在金钱上则不妨略为宽松，这常常是有好效果的。

作为成年人，绝不应在一家的弟兄之间挑动战争，以至积隙成仇，致使兄弟之间直到成年，依然不和。

意大利的风俗是对子女和侄甥一视同仁，亲密无间。这是很可取的。而且这种风俗很合于自然的血统关系。其实许多侄子都会更像他的某位叔、伯。

在子女尚小时，父母就应当考虑他们将来的职业方向并加以培养，因为这时的他们最易塑造。但需要注意的是，并非孩子小时所喜欢的，都是他们终生所愿从事的。如果孩子确有某种超群的天才，那当然应该扶植发展。但一般情况，下面这句格言是很有用的："长期的训练会通过适应化难为易。"还应当注意，子女中得不到遗产继承权的幼子，常常会通过自身奋斗获得良好的发展。而坐享其成者，却很少能成大业。

八　论婚姻

　　成了家的人，可以说是对命运之神付出了抵押品。因为家庭难免会拖累事业，使人的许多抱负难以实现。

　　所以最能为公众献身的人，往往是那种可以冲破家室所累的人。因为只有这种人，才能够把他的全部爱与财产，都奉献给唯一的情人——公众。而那种有家室的人，则只愿把最美好的祝愿保留给自己的后代。

　　有的人在结婚后仍然愿意继续过独身生活。因为他们不喜欢家庭，把妻子儿女看作是经济上的累赘。有些富人甚至以无子嗣为自豪。也许他们是担心子女会瓜分自己现有的财产吧。

　　有一种人独身是为了保持自由，以逃避对于家庭所要承担的义务和责任。但这种人，可能会认为腰带和鞋带也是一种束缚呢！

　　实际上，独身者或许可以成为最好的朋友，最好的主人，最好的仆人，但很难成为最好的公民。因为他们随时可以迁逃，所以差不多一切流窜犯都是无家者。

作为献身宗教的僧侣,是有理由保持独身的。否则他们的慈悲就将先布施于家人而不是供奉于神明了。作为法官与律师,是否独身关系并不大。因为只要他们身边有一个坏的幕僚,其进谗言的能力就足以抵上5个妻子。而作为军人,家庭的荣誉可以激发他们的责任感和勇气,则是一件好事。这一点可以从土耳其的事例中得到证明——那里的风俗不重视婚姻和家庭,结果他们的士兵斗志很差。

对家庭的责任心不仅是对人类的一种约束,也是一种训练。独身的人,用起钱来往往很挥霍,但实际上心肠是很硬的,因为他们不懂得怎样去爱别人。

一种好的风俗,能教化出对感情坚贞严肃的男子汉,例如像尤利西斯[①]那样;他曾抵制了美丽女神的诱惑,而保持了对妻子的忠贞。

一个独身的女人常常是骄横的,因为她的目的是为了显示,她的贞节似乎是自愿保持的。

如果一个女人为丈夫的聪明优秀而自豪,那么这就是使她忠贞不渝的最好保证。但如果一个女人发现她的丈夫是妒忌多疑的,那么她绝不会认为他是聪明的。

在人生中,妻子是青年时代的情人,中年时代的伴侣,暮年

[①] 尤利西斯,荷马史诗中的英雄,是远征特洛伊的希腊军团首领之一,足智多谋。曾被围于海岛上,为仙女克立普索所爱,许以长生不老,但他念夫妻之情,拒绝了仙女而回到了妻子身边。

时代的守护。所以在人的一生中，只要有合适的选择对象，任何时候结婚都是有理由的。

但有一位古代哲人，对于人应当在何时结婚这个问题曾这样说："年纪少时还不应当，年纪大时已不必要。"[①]

美满的婚姻是很难遇到的。常常可见许多不出色的丈夫却有一位美丽的妻子。莫非是因为这种丈夫由于具有不太多的优点，反而使他的优点更值得被珍视吗？还是因为伴随这种丈夫，可以考验一个妇人的忍耐精神呢？如果这种婚姻出自一个女人自愿的选择，甚至是不顾亲友的劝告而选择的，那么就让她自己去品尝这枚果实的滋味吧。

---

①指希腊哲学家泰勒斯，卒于前546年，终生独身。此话出自普鲁塔克《论文集》问答篇第6章。亦见于蒙田《散文集》。

九　论嫉妒

在人类的各种情欲中，有两种最为惑人心智，那就是爱情与嫉妒。这两种感情都能激发出强烈的欲望，创造出各种虚幻的意象，足以蛊惑人的心灵——如果真有巫蛊这种事的话。

我们知道在《圣经》中"嫉妒"被叫做一种"凶眼"，而占星术士则把它称做一颗"灾星"。这就是说，嫉妒能把凶险和灾难投射到它的眼光所注目的地方。不仅如此，还有人认为，嫉妒之毒眼伤人最狠之时，正是那被嫉妒之人最为春风得意之时。一方面是由于这种情况会促使嫉妒之心更加锐利；另一方面则由于在这种情况下，被嫉妒者最容易受到打击。

让我们来分析一下哪些人容易嫉妒，哪些人容易招来嫉妒，以及哪种嫉妒属于公妒，公妒与私妒有何不同之处。

无德者必会嫉妒有德之人。因为人的心灵如若不能从自身的优点中取得养料，就必定要找别人的缺点作为养料。而嫉妒者往往是自己没有优点，又看不到别人优点的，因此他只能用败坏别人幸福的办法来安慰自己。当一个人自身缺乏某种美德的时候，他就一定会设法贬低别人的这种美德，以求实现两者的平衡。

嫉妒者必定是好打听闲话的。他们之所以特别关心别人，并非因为事情与他们的切身利害有关，而是希望通过发现别人的不幸，来使自己得到一种赏心悦目的愉快。

其实每一个埋头于自己事业的人，都是没有功夫去嫉妒别人的。因为嫉妒如同一种四处游荡的情欲，能享有他的只能是闲人。所以古话说："多管别人闲事必定没安好心。"

一个后起之秀是容易招人嫉妒的，尤其是那些贵族元老的嫉妒，因为他们之间的距离改变了。别人的上升往往会造成一种错觉，使人觉得自己仿佛被降低了。

那种具有无法克服的缺陷的人——如残疾人、宦官、老年人或私生子，是容易嫉妒别人的。由于自己的缺陷无法弥补，因此需要损伤别人来求得心灵的宽慰。

唯有当这种缺陷是落在一个具有伟大品格的人身上时，才不会如此。那种品格能够让缺陷转化为光荣。担负着残疾的耻辱，去完成一件大事业，使人们更加为之惊叹。像历史上的纳西斯、阿盖西劳斯和铁木尔就曾如此[①]。

经历过巨大的灾祸和磨难的人，也容易产生嫉妒。因为这种人会把别人的失败，看作是对自己过去痛苦经历的抵偿。

[①] 纳西斯(472~568)，东罗马帝国的将领。铁木尔，成吉思汗的儿子，蒙古名将。

虚荣心甚强的人，假如他看到别人在某种事业中总是强过自己，他也会为此而产生嫉妒的。例如自己很喜爱艺术的阿提安皇帝①，就非常嫉妒诗人、画家和艺术家，因为他们居然在这些方面超过了他。

最普遍的，在同事之间当有人被提升的时候，也容易引起嫉妒。因为如果别人由于某种优秀表现而得到提升，就等于映衬出了其他人在这些方面的无能，从而就会刺伤他们。而且，彼此越了解，这种嫉妒心将越强。一个人可以允许陌生人的发迹，却不能容忍一个身边人的上升。所以该隐仅仅是由于嫉妒就杀死了他的亲兄弟亚伯②。

我们再来讨论一下哪些人能够避免嫉妒。

我们已懂得，嫉妒的来源是自我与别人的比较，如果没有比较就没有嫉妒。所以皇帝通常是不会被人嫉妒的，除非对方也是皇帝。一个具有崇高美德的人，他的美德愈多，别人对他的嫉妒将愈少。因为他们的幸福来自于他们的苦功。它是应得的。

因此，出身于微贱的人一旦升腾必会受人嫉妒，直到人们习惯了他的这种新地位为止。而一个富家的公子也将招人嫉妒，因为他并没有付出血汗，却能坐享其成。

---

① 阿提安(117～138)，古罗马皇帝。
② 该隐与亚伯的故事出于《圣经》。他们是兄弟俩。由于该隐嫉妒亚伯，遂将其杀死。

反之，世袭贵胄的称号却不容易被嫉妒，因为他们优越的谱系已被世人所承认。同样，一个循序渐进高升的人，也不会招来嫉妒，因为这种提升会被人们看作是自然的。

那种饱经艰难之后才获得的幸福是不太招人嫉妒的。因为人们看到这种幸福是如此的来之不易，甚至会对此产生同情——而同情心则是医治嫉妒的一味良药。所以一些老谋深算的政治家，当他们处于高高在上的地位时，总是在向人们诉苦，吟唱着一首"正在活受罪"的咏叹调。其实他们未必真的如此受苦，这只是钝化别人嫉妒锋芒的一种策略罢了。

但是，只有当这种人的负担不是自己招揽上身时，这种诉苦才会真正被人同情。否则，没有比一个一心往上爬而四处招揽事做的人更招人嫉恨的了。

此外，对于一个大人物来说，如果他能利用自己优越的地位，来保护他下属们的利益，那么这也等于是筑起了一座防止嫉妒的有效堤坝。

应当注意的是，那种骄傲自大的人物是最易招来嫉妒的。这种人总想尽一切办法来显示自己的优越：或者大肆铺张地炫耀，或者力图压倒一切竞争者。其实真正聪明的人倒宁愿给人类的嫉妒心留上点余地，有意让别人在无关紧要的事情上占自己的上风。

然而另一方面也要看到，对于享有某种优越地位的人来说，与其狡诈地掩饰，莫如坦率诚恳地放开（只是千万不要表现出骄矜与浮夸),这样招来的嫉妒会小一些;否则对于前一种人,人们就会认为他是没有价值的因而不配享受那种幸福,他们的作假简直就是在教唆别人来嫉妒自己。

让我们归纳一下已经说过的吧。我们在开始时说过,嫉妒有点接近于巫术,是蛊惑人心的。那么要防止嫉妒,也就不妨采用点巫术,就是把那容易招来嫉妒的妖气转移到别人身上。正是由于懂得这一点,所以有许多明智的大人物,凡有抛头露面可以出风头的事情,都会推出别人作为替身去登台表演,而自己则宁愿躲在幕后操纵。这样一来,群众的嫉妒就落在别人身上了。事实上,愿意扮演这种替人出风头角色的傻瓜是不会少的。

让我们再来谈谈什么是公妒。

公众的嫉妒比起个人的嫉妒多少有点价值。公妒对于大人物来说,正如古希腊时代的流放惩罚一样,是强迫他们收敛与节制的一种办法。

所谓"公妒",其实也是一种公愤。它是一个国家具有严重危险性的一种疾病。人民一旦对他们的执政者产生了这种公愤,那么即使最好的政策也将被视为恶臭,受到唾弃。所以丧失了民心的统治者不管怎样做好事,也不会得到群众的拥护。因为人民将把这更看作一种怯懦,一种对公愤的畏惧——其结果将是,你越怕它,它就越要找上门来。

这种公妒或公愤,有时只是针对某位执政者,而不是针对

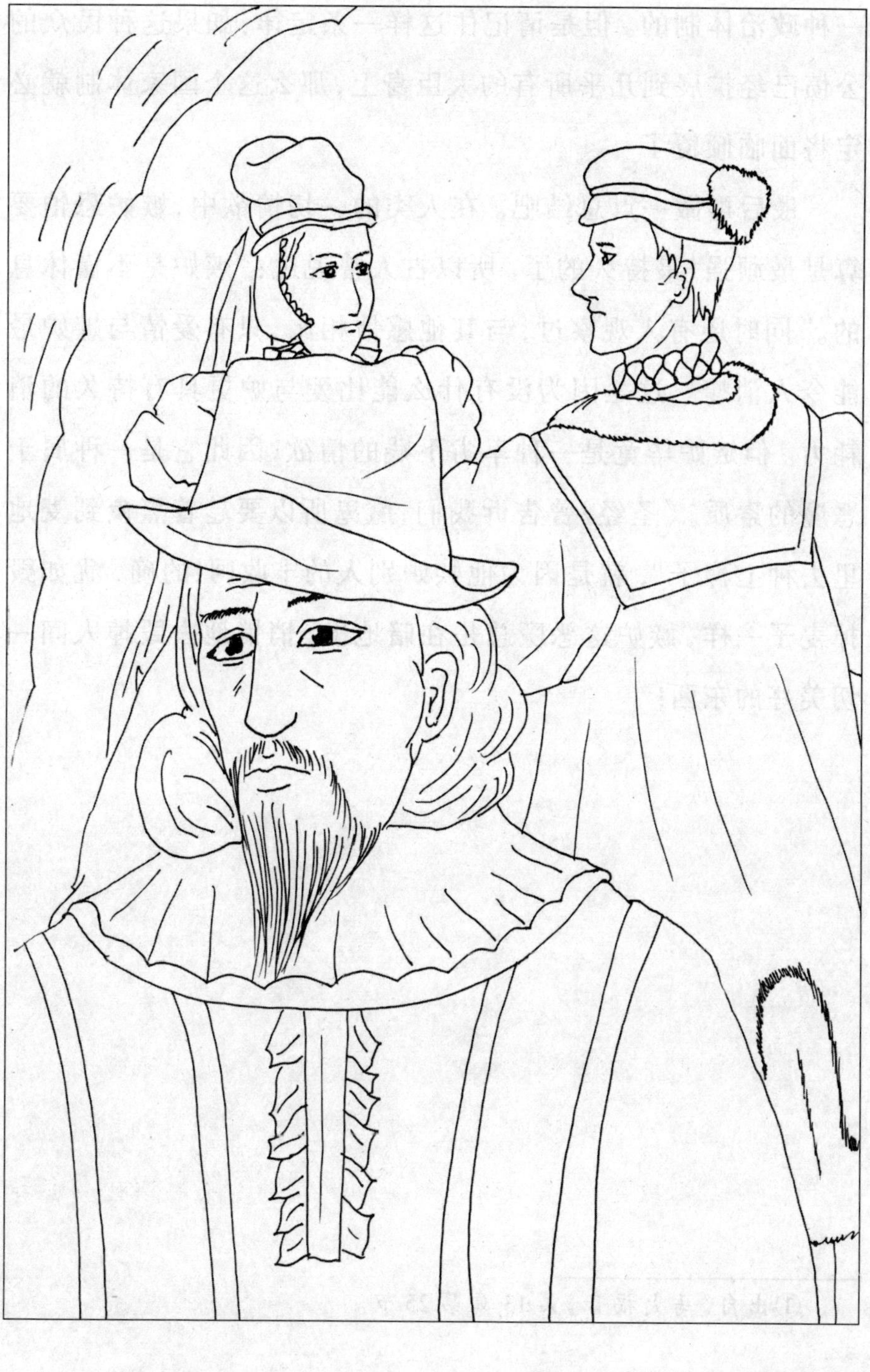

一种政治体制的。但是请记住这样一条定律：如果这种民众的公愤已经扩展到几乎所有的大臣身上，那么这个国家体制就必定将面临倾覆了。

　　最后再做一点总结吧。在人类的一切情欲中，嫉妒恐怕要算是最顽强、最持久的了。所以古人曾说过："嫉妒是不懂休息的。"同时还有人观察过，与其他感情相比，只有爱情与嫉妒最能令人消瘦。这是因为没有什么能比爱与妒更具有持久的消耗力。但嫉妒毕竟是一种卑劣下贱的情欲，因此它是一种属于恶魔的素质。《圣经》曾告诉我们，魔鬼所以要趁着黑夜到麦地里去种上稗子①，就是因为他嫉妒别人的丰收呵！的确，犹如毁掉麦子一样，嫉妒这恶魔总是在暗地里，悄悄地去毁掉人间一切美好的东西！

---

　　① 出自《马太福音》第13章第25节。

十　论爱情

舞台上的爱情，要比人生中的爱情更具有欣赏价值。因为在舞台上，爱情既是喜剧也是悲剧，而在人生中，爱情常常会招致不幸。它有时像那位诱惑人的魔女[①]，有时又像那位复仇的女神[②]。

你可以看到，一切真正伟大的人物（无论是古人、今人，只要是其英名永铭于人类记忆中的），没有一个是因爱情而发狂的人。这说明伟大的精神和伟大的事业可以摒除过度的激情。然而罗马的安东尼和克劳底亚却是例外[③]。前者本性就好色荒淫，后者却是一个严肃明哲的人。这说明爱情不仅会占领没有城府的胸怀，有时也能闯入壁垒森严的心灵——假如守御不严的话。

[①]古希腊神话，传说地中海有魔女，歌喉动听，诱使过往船只陷入险境。
[②]传说中的地狱之神。
[③]安东尼，恺撒部将，后因迷恋女色而战败被杀。克劳底亚，古罗马执政官，亦因好色而被杀。

埃辟克拉斯①曾说过一句笨话："人生不过是一座大舞台。"一个本该秉承天意、追求高尚目标的人，却一事不做而只拜倒在一个小小的偶像面前，成为自己感官的奴隶——虽然还不是口腹之欲的奴隶（那简直与禽兽无异了），即娱目色相的奴隶。而上帝赐人以眼睛本来是有更高尚的用途的。

过度的爱情，必然会夸张对象的性质和价值。例如，只有在爱情中才需要那种浮夸谄媚的词令。而在其他场合，这样的词令只会招人耻笑。古人有一句名言："最大的奉承，人总是留给自己。"——只有对情人的，奉承要算例外。因为即使最骄傲的人，也甘愿在情人面前自轻自贱。所以古人说得好："人在爱情中不会聪明。"情人的这种弱点不仅在外人眼中是明显的，就连在被爱者的眼中也会很明显——除非她（他）也同样爱他（她）。所以，爱情的代价就是如此，如果不能得到回爱，就会得到一种深藏于心的轻蔑，这是一条永真的定律。由此可见，人们应当十分警惕这种感情。因为它不但会使人丧失其他的东西，而且可以使人丧失自己本身。

至于其他方面的损失，古诗人荷马早就告诉我们了，那追求海伦的巴立斯王子竟拒绝了天后朱诺（财富女神）和密纳发（智慧女神）的礼物。也就是说，溺身于情的人，是甘愿放弃一切财富和智慧的②。

---

①埃辟克拉斯（前342～前270），古罗马哲学家。
②古希腊神话，传说天后朱诺、智慧之神密纳发和美神维纳斯，为争夺金苹果，请特洛伊王子评判。三神各许一愿：密纳发许以智慧，维纳斯许以美女海伦，天后许以财富。结果王子把金苹果给了维纳斯。

当人心最软弱的时候,爱情最容易入侵,也就是当人春风得意、忘乎所以和处境窘困、孤独凄零的时候,虽然在后一情境中不易得到爱情。人在这时最急于跳入爱情的火焰中。由此可见,"爱情"实在是"愚蠢"的儿子。但有一些人即使心中有了爱,仍能约束它,使它不至妨碍重大的事业。因为爱情一旦干扰到事业,就会阻碍人坚定地奔向既定的目标。

我不懂是什么缘故,使许多军人更容易堕入情网,也许这正像他们嗜爱饮酒一样,或许危险的生活更需要欢乐的补偿。

人心中可能潜伏有一种博爱倾向,若不集中于某个专一的对象,就必然施之于更广泛的大众,使他成为仁善的人,像僧侣那样。

夫妻的爱,可以使人类繁衍;朋友的爱,致人以完善;但那荒淫纵欲的爱,却只会使人堕落毁灭!

十一　论权位

　　身处高位者是三重意义上的臣仆——君主和国家的臣仆、名誉地位的臣仆以及事业的臣仆。因此，他们也没有自由——言行的自由和支配时间的自由。

　　为谋得高位或凌驾他人之上的人，宁可以失去自由为代价。人性的这种欲望真是不可思议！何况取得权势并非一件容易的事。在这条路上人要忍受许多痛苦，然而得到的却未必不是更深的痛苦。

　　为了取得权势，人们常常会不择手段。但即使身居高位也往往坐不安稳，一旦倒台便是身败名裂。这的确是一件可悲的事。正如古语所说："早知今日，何必当初！"然而，识时务者又有几人？在宦海激流中，人们常常是在应该退时不肯退，想要退时已退不成。

　　但是，人性偏偏迷恋于权势。也许因为默默无闻的寂寞是难挨的。正如那些老人，尽管已届风烛残年，却仍然闲坐在热闹的街口，彼此追忆往昔的尊荣。

有趣的是，身处权位的人只能通过别人的眼睛来确认自己是否幸福。而如果根据自身的感觉来判断，就很难找到答案。他们能自我宽慰的，只是别人对自己的羡慕和模仿，这使他们得到骄傲和荣誉。尽管他们的内心中也许恰恰与此相反。他们会时时感到忧虑，因为只有在结局到来时他们才能真正意识到自己的错误。

身居权位的人，往往没有时间保持自己的身心健康。塞涅卡说："尽管名满天下，自己却一无所知，这样死去是不幸的。"有权势者，既能行善也能作恶，不过作恶会受到舆论的谴责，所以最好还是不做。行善的意向是值得嘉许的，但只单纯停留在好的意向上，虽然上帝可以接受，对于人类来说还不如一场梦。许多有利于人类的好事，要办成都需要借助于权势的力量。

成功与美德是衡量人生事业的两种尺度。同时具备这两者的人，应该是幸福的。所以，当他行事时，即使面对上帝也不会感到亏心，如此方能获得灵魂的"安宁"。正如《圣经》所说："直到上帝看到他所创造的一切都很好，才在第七日停止工作，放心地休息了。"身处权位者，应该以此为自己工作的榜样。此外，还应从过去那些不称职者身上吸取反面的教训。当然，这并不是为了贬低他人，而是为了避免重蹈他人的旧辙。同样，如果有所兴革，也不是为了诋毁历史，而是为了为后人开创更好的先例。

掌权者应当研究历史，尤其要注意分析好的事物是什么时候蜕化和怎样蜕化的。同时还应当了解这个时代与历史的不同特点。对于历史,应当寻找其中最优秀的东西。而对于现代,则应当寻找当前最切用的东西。应当力求使自己的行动有规律性,使人们能有所遵循。绝对不要过于自信和自负。当需要变更成规时,则应该把这样做的理由向公众解释清楚。

掌权者享有特殊的权利,这是应该的。但对于这种特权,与其炫耀,不如默享,更不应当滥用这种特权,同时,也必须照顾下属们的权益。对下属的事情,只需做原则性的指导,而不必事事插手。

要善于接受并寻求对你有益的忠告和建议,不要把那些"好管闲事"的热心人拒之门外。

掌权者最易犯的过错有4点:延误、受贿、蛮横和被欺惑。避免延误的办法是:信守时间,当断则断,不要把必须做的事积压起来。矫治贿赂的恶习,除了杜绝下属接受不义之财外,也绝不给那些行贿者恩惠和利益。不仅不能受贿,而且不能给人留下你可以用财物收买的任何疑点。要设法使人知道你不仅反对受贿,而且憎恨行贿者。如果对某件先前已决定的事情,突然无明显理由地改变原则或意图,那么就可能引起主管者因收受了某种贿赂而改变意图的嫌疑。因此,当需要改变一个观点或做法时,一定要把这样做的目的以及改变的原因公布于众。

要注意,一个仆人或一个亲信,由于与有权势者的密切关系,常常可以成为通向贪污受贿的秘密渠道。

至于蛮横，比严厉更糟，要知道严厉能产生敬畏，而蛮横却只能招致怨恨。身处高位者最好不要轻易责骂下属，如果非责备不可，态度也要庄重严肃，绝不可以用讥讽的口气。

至于被欺惑，要比受贿赂的危害更大。因为贿赂只是偶然发生的，而一个掌权者如果易于受欺惑，那么，他就只会永远不自觉地照别人的意志办事。

所罗门曾说："讲私情没有好处。它使人为了得到一块面包而破坏法律。"还有一句古话说得好，"地位展示性格"。这就是说，在高位上的表现将使一个人的品格暴露无遗。这句话相当有道理。

塔西佗曾批评卡尔巴说："假使他不曾成为帝王，大家或许会相信他有雄才大略，有能力治理国家。"而对于菲斯帕斯他却说："掌权以后使他的人格得到增进。"第一句话批评卡尔巴的失败，后一句话则赞许了菲斯帕斯的修养。地位愈高修养愈增，这是具有优质品格的最好证明。因为荣誉只应该来自于美德。但世人往往在其未得志的时候，尚能具有某些美德，而一旦有了权势，就丧失了这种美德。这正如在自然界中物体的运动一样，在启动时很迅速，而在行进中却缓慢下来了。

取得权势的路是不平坦的。在这条道路的外端，参加某一政派是必要的。一旦你达到相当地位后，就应该退出派争寻找平衡。当权者对前任的荣誉要珍视和公正，否则当你引退时，人们也会用同样的办法来报复你。

对于前后左右的共事者,应当相互关照。宁可在他们不想会见时会见他们,也不要在他们想求见时拒绝他们。在谈话中以及答复下属的问题时,不如忘记自己是一个地位高的人,切不可念念不忘自己的高位而摆出一副官僚架子。应该使人对你有这样一种印象:"他在生活中是平凡的,在职务中却是超众的。"

十二　论勇敢

有人曾问希腊雄辩家德摩斯梯尼①："什么是一个演说家最重要的才能?"他回答说:"表情。"又问:"其次呢?""表情。""再其次呢?""还是表情。"这个故事也许人人耳熟能详,但还是发人深省。

德摩斯梯尼是个演说家,但对于他所如此推重的才能——表情,却未必擅长。但他为什么把"表情"看得这样高,以至压倒了其他一切,如吐字明快、语言独创等特点呢?乍看起来似乎很怪,但只要深思一下就会悟出其中的道理。人类的本性往往是愚昧多于才智,而做作的表演则比较容易打动庸众的心,这正是利用了人性的愚蠢。

与此很相似,如果问:在政治中最重要的才能是什么?回答将是:第一,大胆;第二,大胆;第三,还是大胆。尽管大胆常常

---

①德摩斯梯尼(前384~前322),古雅典伟大的演说家。据说他天生口吃。为了练习演说,曾口含小石子说话,并故意到海浪喧闹的海滨练习声力,最后终于成功。

是无知与狂妄的产儿,但却总能迷惑并左右世上许多愚人。甚至于这种狂妄的盲勇有时还能唬住某些智者——尤其是当他们意志不够强的时候。

在民主制度下,政治上的大胆能创造奇迹,但在专制或君主制度下,就很难发挥作用。盲目的勇气是不可信赖的,它总是在不知其后果可畏时最强,否则就消失了。在政治上有这样一批江湖术士,他们给人治病靠的不是学识而是侥幸。这种人办事往往模仿穆罕默德①呼叫大山的做法。穆罕默德曾当众宣布他能把一座山召唤到面前,人们闻言纷纷赶来。他对那座山发了一次又一次命令,山却依然屹立不动。结果穆罕默德只好说:"既然山不肯到穆罕默德这里来,那么就只好让穆罕默德到山那里去了!"同样,那些政治上的江湖术士们,当他们大胆预言的奇迹破产时,大概也会采用这种厚脸皮的办法。

有饱经世事的人,会把这种无知的大胆者看作笑柄。其实,既然荒谬就是可笑,那么无畏无忌的狂妄者,很少有能避免荒谬的。最可笑的事莫过于一个吹牛皮的狂人被拆穿了。这种人不懂得,一件事即使很有把握,也要留下一点进退的余地才好。这种人办事,就好比棋的僵局,即使没有输,也无法再走下去了。我们要注意,勇敢常常是盲目的,因而它看不见隐伏在暗中的危险与困难。有勇无谋者不宜担任决策的首脑,但却可

---

① 穆罕默德,伊斯兰教创始人。此传说出自《古兰经》。

以作实施的干将。因为在策划一件大事时必须能预见艰险,而在实行中却必须无视艰险,除非它是毁灭性的。

十三　论善良

我个人认为善良的定义就是有利于人类。这也是古希腊人所谓"仁"，或者"人道精神"，但意义还要更深一些。

善良，不仅是一种慈善的行为。前者反映本质，后者则只是现象。善良，是人类的一切精神和道德品格中最伟大的一种。因为上帝本身就是"善良"。如果人不具有这种品格，他就只配做卑贱的鼠辈，既可憎又可怜。这种行善的品格也许有时会看错对象，但却永远不会过分。过分的权势欲曾使撒旦堕落成魔鬼[1]，过分的求知欲也曾使人类的祖先失去乐园[2]。但唯有善良的品格，无论对于神或人，都永远不会成为过分的东西。

善良的倾向是人性所固有的，即使这种仁爱之心不施于人，也会施之于其他生物的。例如土耳其人虽然是一个野蛮的民

---

[1]《圣经》中的故事。传说撒旦本是神，为了篡夺上帝之位，而堕入地狱，成为魔鬼。

[2]《圣经》中的故事。传说人类的始祖亚当、夏娃在天堂中，受蛇的引诱，偷吃了智慧树上的果子，于是被神逐出天堂。

族①，但他们对狗和鸟等动物却很仁善。据伯斯贝斯②的记述，有一个欧洲人在君士坦丁堡，由于戏弄一只鸟，险些被当地人用石块打死。

但人性中这种仁善的倾向，有时也会犯错误。所以意大利有句嘲讽话："过分善良，就是傻瓜。"马基雅弗利③曾写道："基督教的教义使人成为软弱的羔羊，以供那些暴君享用。"他所以这样说，是因为确实没有任何其他法律、宗教或学说，比基督教更能鼓励对人类的博爱了。为了不做滥施仁爱的傻子，我们就应该注意，不要受某些人的假面具和私欲的欺弄，而变得容易轻信和软心肠。轻信和软心肠是诱使老实人上当的鱼饵。比如我们绝不应该把一颗珍珠赠给伊索那只公鸡——因为它本来只配得到一颗麦粒④。

《圣经》中曾说："天父使太阳照好人，也同样照坏人。降雨给行善的，也给作恶的。"⑤但上帝绝不会把财富、荣誉和才能对人平均分配。一般的福利可以人人均沾，而特殊的荣耀就必须有所选择。另外要小心，我们在做好事时，不要先毁了自己。神告诉我们：要像别人爱你那样爱别人。——"去卖掉你所有

①本书中时见培根对落后民族的诬蔑之词，反映了他的欧洲中心主义的民族观点。
②伯斯贝斯(1522~1592)，荷兰旅行家。
③马基雅弗利(1469~1527)，意大利政治思想家和历史学家，文艺复兴时代意大利著名政论家。著有《君主论》等。
④《伊索寓言》中的一个故事。
⑤《马太福音》第5章第45节。

的财产,赠给穷人,把财富积存在天上,然后跟我来。"①除非你已决意要跟神一道走,否则还是不要把你的一切都卖掉,否则你就等于以微泉去灌溉大河。微泉很快就会干涸,而大河却未必能增加许多。所以人心固然应该善良,而行善却不能仅凭感情,还要靠理智的指引。

人性中既有天然向善的倾向,也有生来向恶的倾向。那种虚荣、急躁、固执的性格还不是最坏的。最恶的乃是嫉妒他人以至对其加以祸害。有一种人专靠落井下石,给别人制造灾祸来谋生——他们简直还不如《圣经》里那条以舔疮为生的恶狗②,倒更像那种吸吮死尸汁液的苍蝇。这种"憎厌人类者"与雅典的泰门正好相反③——虽然他们的院子里并没有一棵能供他人使用的树,却也要引诱别人去上吊。不过,这种人倒是做政客的材料,他们犹如弯曲的木头,可以造船,却不能做栋梁。因为船是注定要在海中颠簸的,而栋梁却必须是能立定脚跟的。

善的天性有很多特征。我们可以由此去认识一个善人。如果一个人对外邦人也能温和有礼,那么他就可以被称为"世界的公民"——他的内心与五洲四海是相通的。如果他对其他人的痛苦不幸有同情之心,那他的心必定十分美好,犹如那能流出汁液为人治疗伤痛的珍贵树木——宁可自己受伤害也要帮

---

①《马可福音》第10章第21节。
②《路迦福音》第16章第21节。
③泰门,古希腊人。由于愤世嫉俗而看不起人类,曾对雅典人说:"我园中有一棵树,我就要砍掉它了,谁愿意上吊请赶快去。"

助别人。如果他能原谅宽容别人的冒犯,就证明他的心灵是超越于一切伤害之上的。如果他并不轻视别人对他的微小帮助,那就证明他更重视的是人的心灵而不是钱财。最后,如果一个人竟能做到像《圣经》中的圣保罗那样,肯为了兄弟们的得救而甘于忍受神的诅咒——甚至不怕被逐出天国[①],那么他就已经超越了凡世,而具有主耶稣的品格了。

[①]见《新约·罗马书》第9章第3节:圣保罗说:"为我弟兄,我骨肉之亲,就是自己被诅咒,与基督分离,我也愿意。"

十四　论贵族

关于这个论题,我想从两方面讨论。(1)关于贵族阶级在国家中的地位;(2)关于贵族的特质。

首先,在君主制度下如果没有贵族阶级的存在,那么这个国家就只能成为独裁专制的帝国——像东方的土耳其那样。因为贵族的存在可以牵制帝王的权力。贵族可以控制部分人民,是在一定程度上,分减了帝王的权势。但是在民主制度下,贵族就失去了他存在的必要性了。没有贵族阶级存在,将使民主制度更易保持稳定。因为在民主制度下,人们所重视的不是血统与门第,而是学识和能力。例如在瑞士,尽管在宗教派别和地域方面存在很大差别,但他们的共和国却很巩固。原因就在于他们重视的是人的能力,而不去理会人的门第、等级和出身。荷兰的共和制度也很有效,由于他们实行平等主义的原则,公民权利平等,因此人人奉公守法,并自觉承担纳税的义务。强大的贵族等级虽然可以加强国威,但也会削减君主的权势。平民或许可以因此获得高攀贵族等级的刺激,但更多的是在承受着来自贵族的压力。此外，贵族那种骄奢淫逸的生活，也完全是依靠榨取平民的血汗来维持的。所以贵族人数过多的国家，必定是一个贫穷的国家。而贵族之家凡谱系悠久的，终究会家道衰落，结果在贵族的贫困与尊荣之间，就会形成很不和谐的对比。

至于贵族的个人品格——可以用一个比喻来形容。当我们看到一座风雨中屹立不动的古堡，或一株历经风霜依然根深叶茂的伟木之时，谁都免不了会肃然起敬。同样地，如果看到一个饱经历史沧桑而依然兴盛不衰的世家，其崇敬之情当然也不会低于此二者。新贵之家所依靠的是权力，而宿贵之家依靠的却是威望。第一代贵人在创业时固然有胆魄，但其双手不会太干净。然而，在后代的记忆中保留下的将只有他们的光荣，却不会长久记忆他们的污点。出身显贵者往往好逸恶劳，不仅如此，他们甚至还会蔑视那些终日辛劳之辈。贵族的品级常常是世代固定的，因而他们会嫉妒那些新生的权贵。但与此相反，世袭贵族却不大会遭到他人嫉妒，因为他们那份荣华富贵是与生俱来的，人们不得不予以承认。所以，君主要优先选择贵族中的精英人物从政，使他们有机会施展其天生的优点。

十五　论叛乱

　　政治家最善于发现政治风险的预兆。大自然中的风暴必有先兆,而政治动乱到来之前,也必定会有种种征兆,正如俗话所说:"月晕而风,础润则雨。"

　　所以,诸如诽谤与蔑视法律,煽动叛乱的言论公然流行,还有那些不胫而走的政治谣言,特别是当人们无法辨别其真假,仍然津津乐道的时候——所有这些,都可以看作预示动乱即将来临的先兆。维吉尔[①]曾这样描写谣言之神,说她属于巨人之家族——从地母对众神的不满中诞生,是巨人家族中最小的姐妹。

　　从历史上一看,谣言确实常常是政治动乱的前奏曲。维吉尔的见解是对的。从煽动叛乱到发起叛乱之间的距离甚小,正如兄弟之于姊妹,阳电之于阴电一样。谣言足以把政府所采取

---

　　①维吉尔(前70~前19),古罗马诗人,著有《牧歌集》、《农事诗集》、《伊尼特》等。其作品对欧洲文艺复兴和古典主义时期文学影响较大。

的最良好的意愿、最有益的政策涂抹得面目全非。正如塔西佗所说："当政府不受欢迎的时候,好的政策和坏的政策都会同样地得罪人民。"[①]但是这种情形一旦发生,如果以为通过施用严酷的铁腕手段,就能压制住这些谣言,并可以防范或根除叛乱,那真是犯了致命的错误。因为这种举措只可能成为加速叛乱的导火线。从某种意义上说,冷静处置这种谣言,比设法压制可能更有效。还应当分辨塔西佗所说的那种"服从",即他们表面上看似服从,而实际上却在暗中挑剔政府的法令。争论、挑剔、对来自君主的命令随意批评指责,这种举动往往是走向叛乱的前奏,其结局必然导致无政府状态。尤其爆发全民大辩论的时候,如果那些拥护政府者不敢讲话,而反对政府者却可以畅言无忌的时候,形势就更加险恶了。

马基雅弗利的见解是对的。他说君主如果不被社会公认为各阶级的共同领袖,而只被看作某一特殊集团的代理人,那么这个国家就会像一条载重量不均衡的船一样,即将倾覆了。在法兰西国王亨利三世的时代曾有过这种情况。因为当时国王自己也加入了宗教纷争中的一个派别,并且决心要消灭新教派。最后,他曾参加的"神圣同盟"却掉过枪头来反对他。而这时,他在国家的任何教派中竟都找不到支持者。历史经验表明,

---

[①] 见塔西佗著《罗马史》第1卷第7章,原文作:"当一位皇帝被国人所痛恨的时候,人们对于他的举动,无论好坏,都要加以非难。"塔西佗(约前55~前12),古罗马历史学家。

如果君主的权威变成了某一宗派集团为达到特殊政治目的而采用的手段，那么这个君主的处境就相当危险了。

如果一个国家陷入无休止的冲突和党争之中，那也是一种恶兆。因为它表明人民对政府的信任已经消失。一个政府的各部门应当像天空中的诸行星那样，每个行星既有自转，但也服从于统一的公转。但如果各部门的人都各行其是，或像塔西佗所说"其自由的程度与作为臣民的原则不一致"，那就表明行星运动的秩序乱了套。"尊严"是上帝授予君王的盾牌，因此上帝对君主最严厉的警告，就是解除这道保卫君王的屏障。

宗教、法律、议会和财政是组成一个政府的四大部门，当它们被动摇时，国家将面临解体的危险。下面我们再来讨论一下酿成叛乱的各种因素、动机和预防之术。

关于酿成叛乱的因素，是值得认真研究的。因为预防叛乱最好的方法（假如时代允许的话）就是消除导致叛乱的因素。只要有积薪，说不定什么时候，就会由于某一火星的迸发而燃成燎原之势。导致叛乱的主要因素有两个：一是贫困，二是民怨。社会中存在多少破产者，就存在多少潜在的叛乱者，这是一个定律。卢卡斯[①]描述罗马内战前的情形说：

是高利贷侵吞了人民的财产！

所以战争是对负债者的解放，

它的到来将鼓舞人心。

---

① 卢卡斯（39~65），罗马诗人。

在一个社会中,如果富人的破产和穷人的贫困同时存在的话,那么情形就更严重了。有史以来最大的叛乱煽动者就是饥饿。至于民众的怨恨,在社会中一直都存在,如同体质中不平衡的体液一样,足以酿成疾病。作为统治者,千万不要轻率地认为民众的某种要求是不正当的,因而无视在民众不满情绪中所潜伏的危险性。要知道人性的愚昧,常常会使民众辨别不清究竟什么是对自己真正有益的事物。有一些不满,产生的原因与其说是疾苦,不如说是恐惧。所以这种不满的威胁性可能更大。正如前人所说,"痛苦是有限制的,而恐惧是无限制的"。①任何统治者都不应看到民怨积蓄已久,却并未触发叛乱,而因此产生麻痹的心理。并非每一片乌云都能带来风暴,然而一切风暴,事前却必定有乌云。所以,要提防那句西班牙俗语所说的情形:"绷紧的绳子禁不住压。"

酿成叛乱的原因一般来说,有如下几方面。对宗教的不满、要求减轻赋税、要求改革法律或风俗、要求废除特权、要求贬斥小人、要求抵抗异族入侵,由于饥荒以及其他那些足以激怒人民,使众心一致地团结起来反抗的事件。

下面我们再来讨论一下如何消除叛乱。当然,我们讨论的只是某些一般性的措施。至于专门的措施,应该因地制宜地对症下药,而这就不是单纯的理论问题了。

第一种方法,就是应当尽可能消除以下所讨论的致乱因素。

---

① 语出罗马政治家小普利尼(61~114)。

而在这类因素中,最具有威胁性的是国家的贫穷。因此,一个政府必须发展商业,扶植工业,减少失业和无业游民,振兴农业,抑制物价,减轻税收,等等。就一般而论,应当预先注意国内人口(尤其是在和平时期)不要超过国内的资源。同时还应看到,人口不应单纯从绝对数量来估算,因为一个绝对数量虽小,但其国民消费大于财富生产人口的国家,要比一个数量大,但国民消费小于财富生产人口的国家,要贫困得多。因此,如果贵族以及官僚阶层的人数增殖,超过了财富的增长,那么这个同家就可能濒于贫困的边缘。僧侣阶级的数量过大也会如此。因为这几个阶级都是非生产性阶级。

人们知道,对外贸易可以促进一个国家绝对财富的增加。通常人们知道有三种东西是可以用于外贸的:一是天然的物产;二是本国制造业的产品;三是商船队。如果一个国家这三个轮子都能运转不息,那么财富就会源源不断地自国外流入国内。而更重要的一点却很少有人知道,即劳务也能创造财富。荷兰人就是一个明显的例子。他们国家并没有富足的地下矿藏,但他们的劳务支出能力,却是一笔创造财富的巨大矿藏。作为统治者,应当防止国内财富被垄断于少数人之手。否则,一个国家即使拥有再多的财富,大部分人民仍将沦于饥寒之境。金钱好比肥料,如不撒入田中,它本身并无用处。为了使财富分配均匀,就必须用严厉的法律手段限制高利贷以及商业、地产的垄断,等等。

那么该怎样对待已经发生的民怨呢?我们知道,一切国家都存在着两种臣民——贵族和平民。当怀有不满之心者只是其中之一的时候,对国家的威胁是不大的。因为平民阶层若没有上层阶级的幕后操纵,他们的动乱是有限的。而上层阶级如果得不到群众的支持,也是没有实力地位的。但如果不满的上层阶级与民众联合起来,就将对君主构成巨大的威胁。古代诗人在神话中曾说,有一次诸神想把众神之王丘比特捆起来,而这一阴谋被丘比特发现了。于是他采用了智慧女神密纳发的计谋,召来了百臂之神布瑞欧斯,结果战胜了众神。这个寓言的政治含意是:如果君主能谋得民众的支持,那么他的地位就将得到巩固。

明智的统治者懂得,给予人民某种程度上的言论自由,以使他们的痛苦与怨恨有发泄的途径,也是保证国家安全的一种重要方法。这个道理可以用医学上的例子来说明。如果伤口中有脓血存在,却采用阻遏脓血外流的方法,把它压抑在体内,那就将对人体产生致命的危险。

在希腊神话中,有一个故事也是很有教益的。当无数痛苦和灾难正从潘多拉的魔箱中纷纷向外飞出的时候,埃辟米修斯[①]及时地关上了箱盖,但是他唯独把"希望"留在了箱子中。在政治上,要设法为人们保留"希望",并且善于引导人们从一个希望过渡到另一个希望,这是平息民怨的一种有效办法。在政治

[①]埃辟米修斯,希腊诸神之一,普罗米修斯之弟。

上的一个主要手腕,就是无论局面多艰难,都要使人民相信并非完全没有希望。

除此之外,还要格外提防那些可能成为反对党领袖的人物。这种人物的威望越高,危险性就越大。如果不能把这种人物争取过来为政府服务,就应当设法消除他的威望。一般地说,分裂那些可能不利于政府的党派,使之陷入内部纷争,也是维持统治的一种有效权术。

君主讲话应当慎重,不要讲那种自以为机智,实际上却十分轻率狂妄的话。恺撒曾说"苏拉不学无术,所以不适于当独裁者",结果他为这句话付出了生命的代价,因为这句话使那些不希望他走向独裁的人绝望了。加尔巴[①]说"我不会收买兵士,而只征用兵士",结果这句话也毁掉了他,因为他使那些希望得到赏金的士兵绝望了。普罗巴斯[②]说过"有我在,罗马帝国将不再需要士兵了",这使那些职业战士们绝望了,结果断送了他的生命。因此,作为君主,在动荡形势下的某些重大问题上,必须慎其所言。尤其是此类锋利的警句,它们传播之速有如飞箭,并且将被人们看作是君主所吐露的肺腑之言,其作用甚至超过一部长篇大论。

最后,作为统治者,应当在身旁备有一两位有勇有谋的重

---

①加尔巴,古罗马帝王,因说此话被护卫军所杀。
②普罗巴斯(226~282),罗马皇帝之一,颇有战功,因希望和平,厌倦军旅,被乱兵所杀。

臣。否则,变乱一起,朝野震惊,就很可能无人承担大任,将像塔西佗所说:"人性好乱乐祸,虽少有人敢为祸首,但多数人却宁愿承认既成事实。"但是,如果所任非人,那么用来治病的药,其危害也可能比疾病本身更可怕。

十六　论无神论

我宁愿相信圣使徒传、犹太经典和《古兰经》中的一切寓言和神话，也不能相信这宇宙只有躯壳而没有一个作为主宰的精神和灵魂。所以，上帝根本无须显示奇迹来反驳无神论。事实上，宇宙中所存在的自然秩序，就已经足以驳倒它了。一知半解的哲学思考把人导向无神论，但是对宇宙与哲学的深刻思考，必然使人皈依于上帝。因为从表面上看去，自然界中的万物似乎是偶然和不相关联的。可是只要深入观察和思考，就会发现万物之间那种错综复杂的因果联系，最终只能导向一个总的宇宙原因——那就是神。也正因为如此，历史上那些以无神论为标榜的哲学——例如卢克莱修、德谟克利特和伊壁鸠鲁的学说，恰好提供了最有利于宗教哲学的证据，他们有两种学说。一种看法认为宇宙是由地（土）、水、风、火和"存在"这个范畴所构成的。另一种看法则认为，宇宙万物的元素是一群无限小且无定形的原子。我认为在这两种说法中，以第一种较为可取。《圣经》中虽然说过："愚者心目中看不见神。"但并没有说过："愚者理性中认识不到神。"这就是说，愚人之所以主张无神论，主要是因为他们的意见没有经过理性的思考。事实上，除非无神论可以给人以实际的好处，否则是没有人会认真坚持它的。这一点还可以从以下两方面得到证明：尽管无神论者反对宗教，可是他们本身却也在传播一种宗教——这就是否认神的宗教。另一方面，许多无神论者会为有人信仰神而痛苦、并引发争论——但既然根本没有神，你又何必还要为此而痛苦、争辩呢？

伊壁鸠鲁曾说过，他认为神是存在的，只不过神并不愿干预和参与人间的生活罢了。当年他的这种见解曾受到猛烈的攻击。有神论者认为他是狡猾地用这种对于神的虚伪看法，来掩盖他内心中否认神的真实思想。我认为这些人实在是误解了伊壁鸠鲁，所以才如此诽谤他。其实，伊壁鸠鲁的话是非常高贵而真诚的，因为他曾说过这样一个格言：

"真正亵渎神灵的，并不是那种否认世俗所见神灵的人，而是那些把世俗观念强加于神灵之上的人！"

这话实在太伟大了，就连柏拉图对于神也不可能讲得比这更好。实际上，尽管伊壁鸠鲁否定神对世俗生活的参与，但他却从没有否认过神作为宇宙本体的存在。

西方的印第安人虽然不理解上帝的存在，但他们也知道宇宙中存在神，并且赋予他们以各种各样的名称。古代欧洲的异教徒们不也这样吗？他们不懂得上帝是什么，但却崇拜丘比特、阿波罗和宙斯[①]。由此可见，即使是未开化的野蛮人也具有关于神的观念，只是他们的宗教思想不如我们所认识的那样博大精深罢了。所以，就反驳无神论而言，野蛮人是和最机智的哲学家站在一起的。而真正能提出某种理论的无神论者也并不多见。知名的只有迪格拉斯、拜思、卢西那么几个人。但他们的评论也都不严密，充其量只能算是一些怀疑论罢了。

真正的无神论者往往是虚伪的。他们一方面讨论神圣，另一方面又缺乏自知之明，所以早晚会碰壁。有利于无神论产生的因素有如下几种：一是宗教内部的派别纷争。二是教会内部的腐败。关于这一点，圣波纳曾说过："现在已不能说教士应当像普通人一样，因为现在的普通人都比教士们强。"三是亵渎和嘲弄神圣事物的风气。四是由于天下太平安定、文化发达，使人感到不再需要依赖神的力量。假如人类再次陷入苦海的话，他们就会发现自己非常需要祈求神的帮助了。

在肉体方面，人类与野兽无异。如果在精神上再不追求神圣，那么人与禽兽就毫无区别。所以，无神论无益于人性的净化和升华。所有的动物，都需要借助一种信仰和崇拜才能提升自我的价值。就以狗来说，由于在它的眼中主人就是它的上帝，所以当需要时，它可以奋不顾身地为主人尽忠以至献身。人也是如此。当人心胸中具有一种神圣的理想和信仰，那么就可以

[①]丘比特，金星之神。阿波罗，太阳神。宙斯，木星之神。均为罗马教之六神。

激发出无限的意志和力量。这种意志和力量假如不依托一种信仰，就不可能产生。正因为如此，无神论是可憎的。人性本来是脆弱的，而无神论更从根本上摧毁了人在内心中战胜邪恶的精神力量。不仅就个人而言是这样，就民族与国家而言也是如此。

在人类历史上，恐怕还从来没有任何国家比罗马更伟大。西塞罗在一次对罗马人的演说中，对罗马之所以如此伟大的原因作过很精彩的论述，他是这样讲的：

"无论我们多么自豪，我们还是应该承认，我们在人数上少于西班牙人，在体质上弱于加洛人，在机敏上不如迦太基人，而在文化上则低于希腊人。而就爱国心和乡土观念论，我们也无法和本地那些土著人相比。但是我们有一点却超过了所有这些民族——这就是我们的仁德、虔诚和对于神的信仰。我们确信我们来自于神，并且服从神意志安排世界，就这一点而言，我们优越于世界上的任何人！"

十七　论迷信

对于神，与其陷入一种错误的信仰，倒还不如没有任何信仰。因为后者只是对神的无知，而前者却是对神的亵渎，迷信神实质上就是亵渎神。普鲁塔克说得好："我宁愿人们说世上根本没有普鲁塔克这个人，也不愿人们说曾经有过一个普鲁塔克，他靠吃他子女们的血肉为生。"——他说这话是针对史诗中关于大地之神塞特恩的说法①。无神论把人类付诸理性、哲学、世俗的骨肉之情、法律以及名利之心，等等。即使世上没有宗教也足以教导人类趋向于完善。但是迷信却相反，它否定这一切，却在人类心灵中建立起一种非理性的专制暴政。从历史上看，扰乱国家的并非无神论。因为无神论可以使人类重视现实的生活，除了关心自身的利益再没有其他的顾虑。试看历史上那些倾向于无神论的时代(如奥古斯都大帝的时代)，往往是太平的时代。但是迷信却曾破坏过许多国家。迷信把人类托付于来自九霄云外的神秘统治者，而这种莫名其妙的统治却足以

---

①塞特恩，罗马神话中的土地之神，以人为祭品。

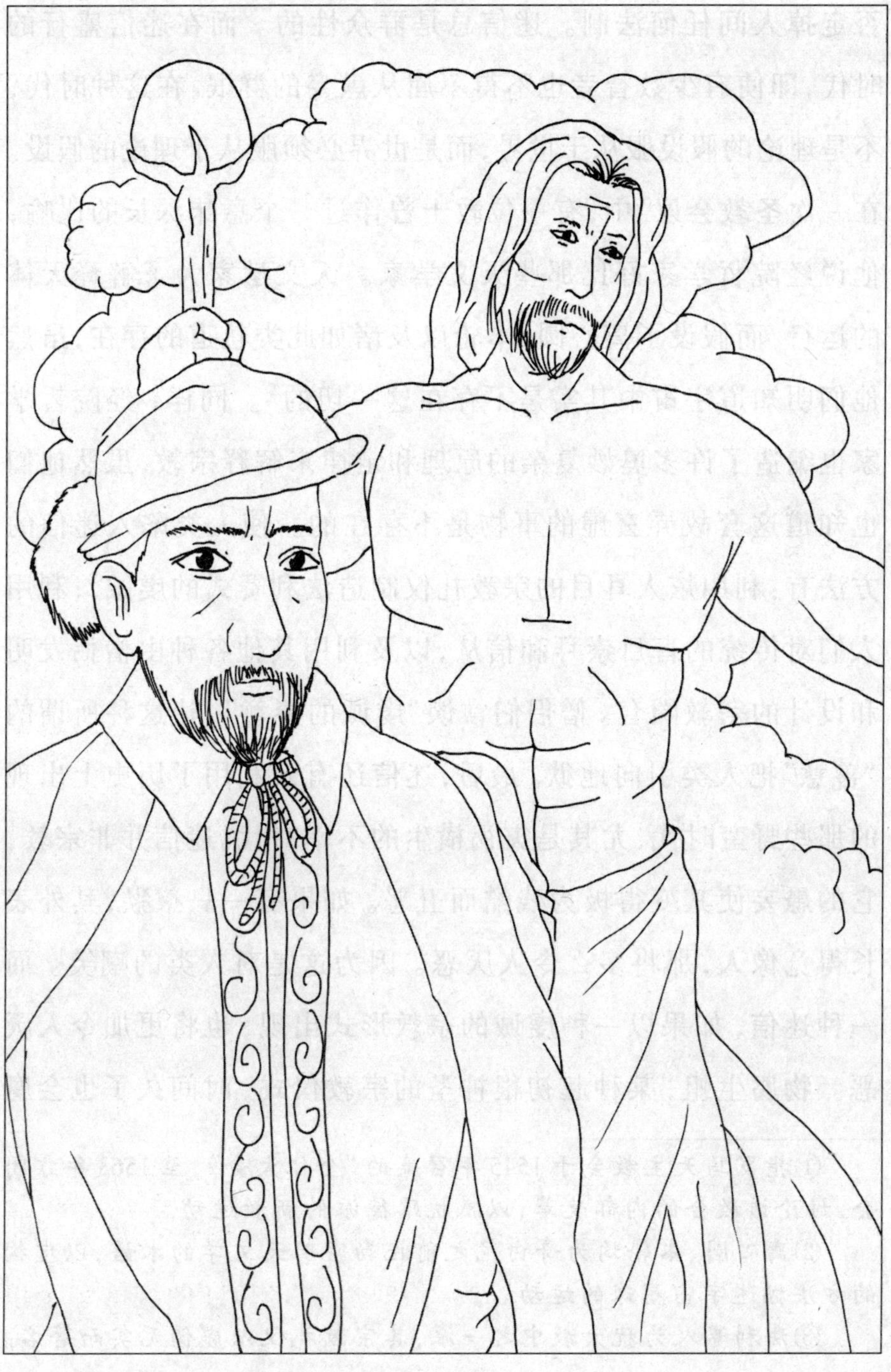

否定掉人间任何法制。迷信总是群众性的。而在迷信盛行的时代,即使有少数智者也不得不屈从愚妄的群氓。在这种时代,不是理论的假设服从于世界,而是世界必须服从于理论的假设。在一次圣教会议①中,有一位教士曾作过一个意味深长的比喻,他说经院哲学家好比那些天文学家。天文学家为了解释天体的运行,而假设了离心圆、本轮以及诸如此类轨道的存在,虽然他们明知道宇宙中其实是不存在这一切的②。同样,经院哲学家也编造了许多奥妙复杂的原理和定律来解释宗教,虽然他们也知道这套故弄玄虚的事物是不存在的。使人类陷入迷信的方法有:利用炫人耳目的宗教礼仪制造法利赛式的虔诚③;利用人们对传统的盲目崇拜和信从,以及利用其他各种由僧侣发明和设计的宗教圈套。僧侣们常谈"虔诚的善意",让这种所谓的"善意"把人类引向地狱。最后,迷信还有效利用了历史上出现的那些野蛮时代,尤其是灾祸横生的不幸时代。迷信并非宗教,它的愚妄使其变得极为残酷而丑恶。如果有一只猿猴,其外表长得竟像人,那将多么令人厌恶。因为这是对人类的嘲笑。而一种迷信,如果以一种虔诚的宗教形式出现,也将更加令人厌恶。物腐生蛆,某种起初很神圣的宗教仪式,时间久了也会腐

---

①指罗马天主教会于1545年召集的"全体大会",至1563年方闭会,讨论该教会的内部改革,以抵抗路德派的新教运动。

②离心圆、本轮均为哥白尼之前托勒密旧天文学的术语,以虚构的方法描述宇宙星球的运动。

③法利赛人为犹太教中之一派,其宗教礼仪以虚伪无实而著名。

化成繁琐的形式,并使信徒们为此付出巨大的代价。但是另一方面,当人们憎恨一种旧迷信时,往往会矫枉过度,其结果却是陷入了一种新的迷信。所以在反对一种迷信时,应当慎重,不要搞得过头。

十八　论旅行

年轻人会把旅游当做是一种学习的方式。而对于成年人来说，旅游则构成一种经验。

当你想到某国去旅行时，首先应学习一点该国的语言。假如一个年轻人在旅行中，身边能带上一个了解各国语言和风情的向导，那将是大有益处的。否则，他就可能像只蒙着头的鹰，到处乱撞，很难描述自己看到什么了或去了哪里。

在海上旅行时，周围除了天就是海，航海家却每天都要写航行日志。而在陆地上，尽管有许多层出不穷的新奇事物，人们却常常忽略写日记。这真的是很奇怪，难道一览无余的东西要比应该认真观察的东西更值得记录吗？照理说来，在旅行中，坚持写日记是必要的。

在某地旅行时，要注意观察下列事物：政治与外交，法律与实施情况，宗教、教堂与寺庙，城堡，港口与交通，文物与古迹，文化设施，如图书馆、学校、会议、演说（如果碰上的话），船舶与舰队，雄伟的建筑与优美的公园，军事设施与兵工厂，经济设施,体育,甚至骑术、剑术、体操等等,以及剧院、艺术品和工艺品之类。总之,留心观察一切值得长久记忆的事物,并且访问一切能在各方面给你以新知识的人们。相对而言,有些典礼、闹剧、宴会、红白喜事等热闹一时的场面,倒不必过于认真,但也不应忽略不顾。如果一个年轻人想通过一次短促的旅行吸取到一些知识的话,以上所谈的方法是可以借鉴的。为了迅速达到这一目的,他必须通晓所去国的语言,还要找一个熟悉国情的向导,带上介绍该国情况的书籍、地图,并坚持写日记。在每处逗留时间的长短,要根据提供知识的价值来决定。但最好不要在一地耽留过久。如果可能的话,最好经常换住所,以便更广泛地接触社会。

在交际方面,不要只找熟识的同乡。要设法接触当地的上流社会和各界人士,以便在必要时能获得他们的帮助。如果能设法得到各国使节秘书的交往和友谊,那么你虽然只到一国,却能得到许多不同国家的知识。

在旅行时还可以顺便去拜访一下当地有名望的贤达人士,以便观察一下他们的实际状况与所负名望是否相称。但千万要注意避免卷入不必要的纠纷和决斗。这种决斗的原因无非是由于争夺情人、地位、荣誉或语言冒犯而引起的。为了避免发生这种纠葛,在待人接物上就必须谨慎,尤其在和那种性情鲁莽之徒来往时更应小心,因为他们总是乐于招惹是非。

在旅行结束回到故乡后,不要立刻就把经过的一切丢到脑后,而应当继续与那些新结交而有价值的友人们保持通信。还应当注意,归国后不要改头换面一身异国装束的打扮。在人们问及你的旅行情况时,最好只作为一个回答者而不要作一个夸耀者。不要使自己在别人眼中成为一个出了一次国就忘记了祖先风俗的人,而应当做一个善于把别国的优良事物移植到本国土壤上的改良者。

十九　论帝王

帝王的内心世界，常常是无所可欲而多所畏惧，这是一种可悲的心境。他们高踞万民之上，至尊至贵，当然对生活无需更多的渴求。然而，他们内心深处却倍加忧虑，因为他们不得不时时提防各种可能的阴谋和背叛。所以《圣经》中说："君王之心深不可测。"①当人心中除了猜疑恐惧再容不下别的事物时，这种心灵当然是不可测度的！

为了逃避这种可悲的心态，明智的帝王往往会为自己找些事做：例如设计一座楼台，组织一个社团，选拔一个臣僚，练习某种技艺等。譬如尼罗王爱好竖琴，达密王精于射箭，哥莫达王热爱剑术，卡拉卡王喜欢骑马等等②。这在有些人看来似乎很奇怪，他们无法理解，为什么君王不关心大事，却偏偏爱好这些匹夫小术？我们在历史中还可以看到，有些帝王早年英姿发

---

① 见《箴言》第25章第3节。
② 尼罗(3~68)，罗马暴君。达密，罗马皇帝。哥莫达，罗马皇帝。卡拉卡，罗马皇帝。

勃、所向无敌,到了晚年却陷入迷信和极度的忧郁之境。例如亚历山大大帝和德奥克里王①就是如此,晚一些的还有查理五世也是如此。这是因为一个早已习惯于叱咤风云生涯的人,一旦陷入无所事事的寂寞之境,就难免会走向颓废。

再说帝王的威严。善于保持威信者,是懂得施恩并善于这种驾驭之术的人。这意味着要在两个极端之间掌握平衡,而这绝非一件易事。维斯帕思曾问阿波洛尼亚②:"是什么原因导致尼罗王的失败?"阿波洛尼亚说:"尼罗王虽然是个高明的琴师,但在政治上却显然不精此道。他有时把弦绷得过紧,而有时又把弦放得太松。"毫无疑义,宽严两误是导致政治失败的契机。

近代论权术者,常常是把注意的重点放在如何处置危机上,而不去考虑如何防止危机。这就未免有点舍本求末了。一方面固然不可以小失大——所谓明察秋毫,而不见舆薪。但另一方面也不可以大失小——殊不知星星之火,可以燎原。任何帝王都难免会有一些政治上的对手,但最可怕的对手却藏在他们自己心灵中。据塔西佗说,历代帝王不仅多疑,而且愿望往往自相矛盾。而权力之所以能腐蚀人的品性,也正是因为它提供了肆行无忌的种种可能性,使帝王不仅可以为所欲为,而且可以不择手段。

---

①亚历山大(前356~前324),马其顿国王。德奥克里,罗马皇帝。
②维斯帕思,罗马皇帝。阿波洛尼亚,罗马教士。

但是另一方面，对于帝王来说，他的敌人又似乎举目皆是——无论邻国、妻子、儿女、僧侣、贵族、绅士、盲人、平民还是士兵，稍有不测，都可能成为仇敌。

先说邻国吧。与邻国的关系会随形势而变化，但无论怎样变，却有一条是永远不变的，即：要自强不息，警惕你的邻国（在领土、经济或军事上）强于你。

所以在历史上，英王亨利第八、法王法兰西斯第一和皇帝查理第五，曾经建立过这样一种三头联盟，每当其中一位强过别人时，另两位就会自动联合在一起抑制和反对他，例如那不勒斯的裴迪南王、佛罗伦萨的美迪奇王和米兰的斯福查王所组成的联盟。经院哲学家认为，如果一国没有主动侵犯另一国，就不应该进行战争。这种说法是不可相信的。因为只有先期打击潜在的对手，才是预防被侵略的有效方法之一。

至于谈到帝王与他的后妃，历史上曾有过多次这样悲惨的事例。里维娅王后毒死了她的夫君奥古斯都大帝。土耳其王梭利门一世的宠妃洛克莎娜，为了能让自己生的儿子成为太子，就暗杀了真正的皇太子穆斯塔发，扰乱了继承的大统。而英王爱德华二世的皇后，既是策划他退位阴谋的主角，又是最后暗杀他的凶手。这些悲惨事件之所以发生，不是由于储君的废立，就是由于后妃们有了私情。

至于帝王的子嗣，他们所带来的苦恼也不比别人少。一般来说，作帝王的父亲很少有对儿子们不暗怀猜忌的。像前面已谈过的那个土耳其的事例,就使梭利门大帝以后的土耳其君统一直都有非嫡派子孙的嫌疑。甚至有人认为梭利门二世是皇妃与别人的私生子。自从君士坦丁大帝①杀死了他那秉性温柔的王子克里普斯后,他的家室就不再安宁。太子君士坦丁和另外两个儿子康斯坦斯、康斯坦修斯后来由于争夺继位权而自相残杀。马其顿王菲力普二世的太子狄修斯,受他兄弟的诬陷而被赐死。当菲力普发现了真相后,结果因忧悔过度而死。类似的事例在历史上数不胜数。但事实上大多数帝王对他们儿子的防范,其实很少是有充足理由的。当然,历史上也不乏相反的例子,例如叛变了父王梭利门皇帝的王子巴加札特,以及叛变了亨利二世的那3个王子等等。

再谈帝王与宗教领袖的关系。如果宗教势力过大,一定会威胁到帝王的统治。例如历史上的坎特伯雷大主教安萨姆和贝克勒,都曾企图把教权与王权集于一身。他们企图用主教的权杖对抗君主的剑,如果不是遭遇到强有力的对手,他们几乎就得手了。教权的危险,并非来自宗教本身,而是来自与世俗政治势力的勾结——特别是如果有国家外部势力的支持,或者主教的权位,并非帝王指派的,而是民众自发拥戴的时候。

至于贵族们,帝王应当对他们保持一定的距离。避免过于压制他们,尽管这有助于加强中央集权,但也可能导致政治危机。关于这一点,我在《亨利七世传》中曾作过讨论。由于亨利

---

① 君士坦丁,公元4世纪时罗马皇帝。

七世一直与贵族阶级对立，因此他在位时，王权始终是面临着危险的。贵族们对他虽然表面上恭顺，在事实上却不肯与他合作，使他处于十分孤立的境地。

社会上的绅士阶层，对王权的威胁相对要小得多。不妨让他们放言高论，但却要防止他们结成社团。由于他们是贵族势力的制约，而且接近于平民，因此可以利用他们调和帝王与人民的关系。

关于国家中的富人阶级，他们好比社会的血脉。如果他们不繁荣，那么这个国家就可能营养不良，而不会强壮。因此帝王不应企图用高税率压榨他们，高税率也许能带来暂时的好处，但从长远说，只能导致国库财富泉源的枯竭。

至于国家中的平民，只需注意他们中间的那种精英人物就可以了。若没有这种人的发动和领导，只要君王不对人民的生活、风俗、宗教信仰作粗暴的干涉，那么人们是不会闹事的。

最后再谈谈军队。这的确是一个危险的团体，尤其当他们产生了物质欲望时。这方面，我们可以回顾一下历史上土耳其御林军和罗马近卫兵的叛乱。最有效的防范办法就是分而治之，并经常调换他们的军官，且不要轻易用赏赐刺激他们的贪欲。

帝王如同天上的行星，他们决定人间的季节，受到世人的崇拜，却整天运行不能休止。以上关于帝王之术的所有论述，最终可以归纳为如下两句话：

第一，"请不要忘记帝王也是凡人。"

第二，"但也请注意，帝王既是人世上的神，又是神之意志的体现。"

第一句话是告诫帝王，他们的能力有限，而第二句话则提醒他们所担负的责任和使命。

二十　论忠告

　　提供建议意味着坦诚和信任。我们在许多事务上,都只是把生活中的一部分委托给别人,如田地、产业、子女、债务等。但在听取一项建议时,我们就将自己的全部信任交付于他了。作为一位英明的君王,从来不会由于听取过某种忠告而感到羞愧,因为就连上帝也认为忠告和建议是不可缺少的。所以在他授予圣子耶稣的诸尊号中,其中有一个就是"劝世者"。所罗门曾经说过:"忠告带来安全。"对于一件事情,如果事前没有经过反复的推敲、斟酌和计议,就难免在执行中出无法预料的差错,这样大大削减了它成功的几率。所以,一种计划实行之前如果不先通过讨论,就只能把它交给命运的波涛了。虽然所罗门懂得听取忠告和建议的重要性,但他的儿子却由于听信谗言而经受了严厉的教训。他的国家,尽管一度为上帝所宠爱,却终因谗言误国而导致山河破碎。①

---

①事见《旧约》。指所罗门之子罗伯即位后不听忠告,终于亡国的故事。

这个历史教训告诉人们听取建议时要谨记如下两点：

1. 就人来说，要慎听幼稚轻率者的献策。

2. 就事来说，要慎听那种过激的言论。

君主的安危与能否得到臣子的忠告是密切相关的。君主应当怎样利用忠告，古人曾作过高明而寓意深刻的议论。其一，古诗中说众神之王丘比特的妻子是米狄司。而这位米狄司正是言论之神。古人借这个故事表明忠告和建议对君主的重要性。其二，这个故事还有下文：后来米狄司怀孕了，但是丘比特却不愿让她生下这个孩子，于是就把她吞噬了。结果他发现自己居然怀孕了，后来在头顶上生出了一个全身武装的儿子帕拉斯。这个故事听起来很荒谬，却蕴涵着深刻的政治思想。它启示我们：明智的君王应当把国家大事交付给臣民去商议——这好比丘比特与言论之神的婚姻，而把选择政策和决定政策的权力归于自己——这好比由丘比特的头脑中生出全副武装的帕拉斯。这样，君主既能树立他英明果断的形象，而且又能得到臣民们的广泛拥戴。

我们再来讨论一下开放言论有哪些弊病以及补救的办法。第一，开放言论使国家难以守秘。第二，众说纷纭会削弱君主和国家的权威。第三，难免会有人出于自身的私利而提出不利于社会的建议。为了防止这三种弊病，法国曾实行意大利人倡导的那种"秘密内阁"制度，把对国政的议论权只开放给少数人。然而，这种制度的危害却可能比公开开放言论更大。

要如何保守秘密呢?作为君主应当知道,他不必把所有的事情都告诉臣民们。他可以有所区别。当他向人征求建议时,也不意味着他必须一切照办。但是对于一些秘密会议,下面这句话可以作为一种忠告,就是"世上没有不透风的墙"①。所以,宫中一些秘密会议的内容,除了君主本人,不能有太多的人知道。然而有些事情,即使有不同意见也无碍大局。只要注意不使他们的言论干扰政策的实施就行了。为此就要求君主要有自信,明辨是非。例如英王亨利七世,他的秘密就只有两名重臣知道。

关于开放言论可能会削弱政府的权威,我们在前面的那个故事中已经指明了补救的办法。君主若能广泛听取臣民的建议和意见,不仅不会削弱其权威,而且还有助于加强它。因为允许自由议论表明了政权的强大——它经得起言论的干扰。除非一些有异议者秘密策划和勾结,图谋影响政策的时候,局面才有危险。但这是完全可以及早发觉并加以制止的。

再来讨论最后一种害处,就是人们所提的建议未必都是善言。俗话说,"大地上本无信诚"。但这并不意味着一切人都如此,总有人生性就是诚实、坦率、可以信任的。君主应当善于发现和使用这种人,并且依靠他们监督和防范那些假公济私者。所以对于君主来说,最重要的职责就是善于辨言和识人,以免被各种私欲和谗伪所蒙蔽。在这里用得着先哲那句名言:"贤

---

① 直译为"到处有漏洞"。

明的君主贵在知人。"①

另一方面,作为有进言责任的官员,在进言中切不可只投君主所好。一个合格的言官应以国家利益为己任,而不是关注主人的偏见。否则他就只会阿谀奉承,而对他无所帮助了。作为君主,他的咨询方法有两种,就是公开征询和私下探询。这两种方法都是有益的,但作用不完全一样。私下发表看法较为自由,可以更真诚地袒露内心。而在公开场合,一个人就容易受多数派意见的影响。尤其在听取地位较低者的意见时,最好是在私下,以便使他们敢于进言。而听取位尊者的意见时,最好是在公众场合。这样就可以使他们有所顾忌而出言审慎。君主在选择人才时,应当避免受等级偏见的左右。同样,在听取意见时,也不应因人废言。古人曾说:"只有死人才是最公正的发言人。"这话讲得不错。活人受当世利害善恶的束缚,是不容易持论公允的。而死人虽已逝去,却留下了著作。君主应当善于博览群书,并从中去吸取有用的教诲。

今天的许多议事机关实际上只是形式上的表决作用。他们附和政策而不是制订和选择政策,这对政治是不利的。在讨论重大问题时,最好给议事机关充分的考虑时间。俗话说:"隔夜产生妙策。"例如当初关于英格兰和苏格兰是否应当合并的问题,议会就采取了这种做法。当议会决定对某一事业设立专门委员会的时候,任用那些不持偏见者比任用有偏见的人好。

① 语出罗马诗人马梯(约42~104)。

但我认为,还有必要设立一些专职机构。解决诸如贸易问题、财政问题、军事问题、司法问题,等等。它们需要一些有经验的专家,并且要确保政策的连续和稳定性。这些专门委员会应当承担审查之责,以仲裁所辖范围内的各种报告和申诉。然后,再把那些需要复议的重大问题提交给议会。但是提交委员会不可让过多的提议者参加讨论,以免形成要挟之势。在议会中座位次序的设置,从形式上看只是一件小事,其实则不然,因为一条长桌上的首席,事实上体现着一种决策的地位。当君主主持一次讨论的时候,应当注意,在讨论过程中,切不可率先泄露自己的意向,以免给与会者带来暗示或压力,使到会者不便再发表自己的意见。那样一来,整个讨论恐怕就只能听到一片"我主圣明"[①]的声音了。

[①]语出基督教晚祷礼中为逝者所唱的赞美诗。

二十一　论时机

幸运之机好比市场转瞬即变的价格。它又像西比拉的预言书①，能买时不及时买，待你发现了它的价值再想买时，书却卖没了。所以古谚说得好，机会老人先给你送上它的头发，如果你一下没抓住，再抓就只能碰到它的秃头了。或者说它先给你一个可以抓的瓶颈，你没有及时抓住，再抓就是那永远不可能抓住的圆瓶肚了。

所以，要善于在一件事开始时识别时机，这实在是一种极难得的智慧。例如在一些危急关头，那些仅仅看来吓人的危险比真正的危险要多许多。只要能挺过最难熬的时机，剩下的危险就不那么可怕了。因此，当危险逼近时，抓住时机迎头邀击它要比犹豫躲闪更有利，因为犹豫的结果就是错过了克服它的机会。但也要注意警惕那种幻觉，不要以为敌人真像它在月光

---

①西比拉，西方传说中之女巫，善预言，曾作书9卷献给罗马王，索重金。罗马王拒绝。西比拉烧掉3册，仍索原价。罗马王感到奇怪，读其书发现所预言之事极为重要，因而买其书，但已不全。

下的阴影那样高大，或在时机不到时过早出击，结果反而失掉了获胜的机会。

总而言之，善于识别与把握时机是极为重要的，在一切重大事情上，人在开始做事前都要像千眼神那样察视时机，而在进行时则要像千手神那样抓住时机[1]。尤其对于政治家而言，秘密的策划与果断的实行就是地神普鲁托的隐身盔甲[2]。果断与迅速是最好的保密方法——就像疾掠空中的子弹一样，当秘密传开的时候，事情已经成功了。

---

[1]千眼神，原文为阿加斯，希腊神话中的百眼巨人。千手神，神话中的百手巨人。
[2]是神话中的地神，其盔能隐身。

二十二　论狡猾

狡猾是一种邪恶的聪明。它虽然与机智有所貌似，却又各不相同——不仅是在品格方面，而且还包括作用方面。例如有人赢牌靠的是在配牌时捣鬼，而其牌技终归不高。还有人虽然很善于呼朋引类结党钻营，可是真做起事来却身无一技。

要知道，人情练达与理解人性并不完全是一回事。有许多人很世故很会揣摩人的脾性，但却并不是真正有学问的人。这种人所增长的是阴谋而不是研究。他们可以摸透几种人，但在某一新类型人的面前，老一套就会吃不开，所以古人鉴别人才的方法——"让他们到生人面前去试试手"，对他们是不合适的。

狡猾的人就像那种只会做小买卖的杂货贩，我们不妨在这里揭露一下他们的家底。有一种狡猾的人他们专门在谈话时察言观色。因为世上许多诚实的人，都有一颗深情的心和一张无掩饰的脸。这种人就会一面窥视你，一面却假装恭顺地瞧着地面，许多"耶稣会员"①就是这样干的。

① 耶稣会是中世纪的一个教派，其中有些僧侣是专为教皇服务，监视人们思想的密探。

另一种狡猾术是把真正要达到的目的掩盖在东拉西扯的闲谈中。例如有一名官员，当他每次想促使女王签署账单时，都会先谈一些其他的事情，以转移女王的注意力，结果女王往往没有更多的心思去注意那张账单，就爽快地签了字。

还有一种方法是在对方毫无思想准备的情势下，突然提出你的一项建议，使他无暇仔细思考就做出仓促的答复。

当一个人试图阻挠一件可能被别人提出的好事时，最好的办法就是由自己先把它提出来，而提出的方式又要引起人们的反感，使之得不到认同。

装作将欲言又止之事说到半截时突然中止，仿佛在制止自己继续说下去。这往往会刺激别人加倍地想知道你要说的东西。

如果你能使人感到一件事他能从你这里得到答案，而你又不情愿告诉他，这件事往往更能使他相信。例如，你可以先做出满面愁容的样子，引人询问原因何在。波斯国的大臣尼亚米斯就曾对他的君主采取这种作法。有一次他耸人听闻地对他的国王说："我过去在陛下面前从没有过愁容。可是现在……"对令人不愉快或难以启齿的事，你可以先找一个中间人把话风放出去，然后由你从旁证实。当罗马大臣纳西斯向皇帝转告他的皇后与诗人西里斯通奸这件事时，就是这么办的。

如果你不想对某种说法负责任，不妨借用一下别人的名义，例如说"人家都说……"或"听别人说……"等等。

我认识一位先生，他写信时总是把最想托别人办的事情写在附言里,并使用"顺便提及"这种格式,看起来就好像这只是偶然想起的小事。

还有一位先生,他在演说时总是把真正想说的放在最后说,好像只是忽然想起一件差点忘记的事情。

还有的先生,故意在人前把其实想给人看的信件,故作惊惶地假装藏起来,仿佛怕那人知道一样。而这一切的目的恰恰是为了引起那人的疑心和发问,这样就可以把他想要对方知道的东西告诉那个人了。

还有一种诱人上当的狡猾。我知道有一位先生暗地里想与另一位先生竞争部长的位置。于是他对那位先生说:"在当今这个王权衰落的时代,当部长真是件伤脑筋的事情。"那位即将被任命为部长的先生竟天真地同意了这种看法,并且也对别人如此说。于是先前的那位先生便将这句话禀报给了女王,女王大为不悦,结果就没有任用他。

还有一种被俗称为"翻烧饼"的狡猾,就是把你对别人讲的话,翻赖成是别人对你所讲的。反正是没有第三个人对证,天才知道真相究竟是怎样的。

还有一种影射的狡猾术,比如当着某人面故意暗示对别人说"我可不会干某种事的",言外之意那个人却可能会这样干。罗马人提林纳在皇帝面前影射巴罗斯将军,就采用了这个办法。

有的人还会搜集许多奇闻轶事,当他要向你暗示某些东西时,便会给你讲一个有趣的故事。这种方法既保护了自己,又可以借他人之口去传播你的话。

有人故意在谈话中设问,然后引导对方做出他所期待的回答。这种狡猾术会把一个被他人授意的想法,误认为是自己想出来的。

出其不意地提出一个大胆的问题,会使被问者措手不及,从而袒露其心中的机密。就好像一个改名换姓的人,在突如其来的情况下突然被人呼叫真名,必然会出于本能地有所反应。

总而言之,狡猾的处世方法是形形色色的。有必要把它们全都揭露出来,以免老实人不明其术而上当。

狡猾的小聪明并非真正的智慧。他们难登大雅之登,虽能取巧却非明智之举。要靠这些小术得逞于世,最终还是行不通的。正如所罗门说:"智者之智在于明道,愚者之愚在于欺诈。"[1]

---

[1] 见《圣经·箴言》第14章第15节。此为意译。

二十三　论自私

　　蚂蚁这种看似渺小的动物,其实为自己打算起来是很精明的。但对于一座花果园来说,它却是一种大害。自私的人犹如蚂蚁,不同的是他们所危害的却是社会。

　　人应当理智地区分私利之心与公共的利益。在为自己谋划利益时,不要伤及他人,更不可危害到君王与国家。

　　人像地球一样,难免会把个人的私利定作绕以旋转的轴心。但不要忘记,宇宙之间还共有着另外一个轴心。对于一个君王,他也许有权这样做,因为他个人的利益也代表着国家的利益。而对于一个臣民,自私自利永远是一种坏的品质。如果人们把一切事物都按一己之私的需要加以扭曲,其结果必然会危害于国家和君王。

　　因此,君主在选择官员时绝不能挑这种人,尤其不能让这种人有独揽大权的机会。否则这种自私的家伙一旦得势,他们就可能为个人的私利而牺牲与公益有关的一切,成为最无耻的贪官污吏。他们的不公正,就好像在打保龄球时,首先将铅灌注其中而使之偏离球道一样。他们所图谋的不过是一身一家的幸福,损害的却是君王和国家的利益。俗话说,"烧掉大家的房子来煮自己的一个鸡蛋",这正是谋取私利者的本性。

然而更可悲的是,这种人最容易取得君王的信任。他们会为了达到利己的私欲,而不择手段地献媚取宠,如果他们自私的目的一旦达到了,其所作所为就会更加肆无忌惮。

自私者的那种聪明,应该说是一种极其卑劣的聪明。就是那种打洞掏空了房基,而在房屋将倒塌前就立即搬迁的老鼠式聪明;那种欺骗熊来为它挖洞,事成后将其轰走的狐狸式聪明;以及那种在即将吞噬落入口中的猎物时,却假惺惺地流下悲哀眼泪的鳄鱼式聪明。

正如西塞罗在评论庞培时所说:"只爱自己却不知怎样爱人者终会引火而自焚。"因为他们时时都在谋算怎样牺牲别人来完成自己的愿望,而到头来命运之神却使他们成为自我的祭品。要知道,纵使人再精于为自己谋算,却毕竟捆缚不住命运之神的翅膀呵!

二十四　论革新

　　初生之物往往并不完美,正在革新中的事物也是如此。因为革新正是时间之母所养育的婴儿。

　　然而,创业难于守成,好的开端可以为后继者提供典范。就人性而言,恶,似乎有一种自然的动力,推动它在发展中不断增强;而善,却似乎缺乏那种原动力,只是在开始时最强。革新就意味着要驱除这种"恶"的源泉。有病而拒绝服药只能导致病情的恶化,因为事物终归是要随着时间而变化的。时间才是世上最伟大的改革家。如果时间可以使事物衰败,而人却没有智慧使之革新,那么其结局将只有毁灭。

　　既成不变的事物,即使并不优良,也会因为已被习惯所适应而不断坚持。而新事物,即使再优良,也会因不适应旧的习惯而受到抵制。对于旧习俗来说,新事物好像陌生的不速之客,它容易引起惊异和争论,却不易被接受和欢迎。

　　然而,历史是不断发展的。若不能因时变事,而一味地恪守旧俗,这本身就是致乱之源。而那些顽固保持旧传统的人也难免会成为当世的笑柄。有志改革者,时间是最好的证明。时间在它的流动运行中更新了世上的一切,而从表面上看一切却似乎并未改变。假若不是如此,新事物发生得太突然,就难免会遇到极大的反对力量。社会改革难免会触犯某些人的既得利益。受益者固然欢欣,而受损者则必然要诅咒那些改革的发起者。所以实行改革要十分谨慎。而且改革必须确有实效而并非为了标新立异。切记改革更不可轻率从事,要知道,即使有很多人赞同,它还是很危险的!正如《圣经》所告诫我们的:"你们应站在路上,环顾四野,找出那条笔直的坦途,于是顺路前行,以求心中得到安宁。"①

---

①语见《圣经·旧约·耶利米书》第6章第16节。

二十五　论迅速

急于求成是必须谨慎的,须知狼吞虎咽将会令人消化不良。

真正迅速的人,并非只因事情做得快,而是做得最成功最有效的人。譬如在赛跑中,优胜者并非步子迈得最急或脚抬得最高者。因此在事业上,迅速与否并不能只用时间来衡量。

某些人只是追求表面上的速度。常常为了显示自己的工作效率,而把并未结束的事情草草了结。然而往往是了而不结,其结果是:一件本需做一次的事,却不得不返工重复多次。所以,有一位智者讲过一句至理名言:"慢些,我们就会更快!"

另一方面,我们应当追求真正的迅速。因为时间与事业的关系,就好像金钱与商品的关系,做事浪费太多时间,就意味着买东西付出了高昂的代价。据说古代的斯巴达和西班牙人行事一向是比较迟缓的。因而有一句谚语说:"我宁愿采用西班牙式的死法。"——意思是说,这样死亡可以来得缓慢。而当你听别人介绍情况时,最好首先耐心听,而不要急于插话。否则话头一旦被打断,陈述者就不得不把旧题重复一遍。因此那些乱插话者,甚至比发言冗长者更令人讨厌。

说话重复也是在浪费时间。但若是反复强调一件事的要点,使人易于抓住要点,反而可以提高效率。讲话不宜啰嗦,正如赛跑者不宜穿长袍。而且讲话时不要过多兜圈子。这样貌似谦虚,其实是在说废话。还应注意,对一个心里持反对意见者,讲话有必要谦和而委婉,否则正像把盐撒入伤口,会使他已有的成见更深。

要想敏捷而有效率地工作,应善于安排工作的次序、分配的时间和选择的要点。只是要注意这种分配不可过于细密琐碎。善于选择要点就意味着应该节约时间,不得要领的奔忙等于乱放空炮。

做事情通常可分为三步——筹备、审议和执行。审议时应当博采众论、集思广益,但筹备和执行的人,却应当尽可能地少而精。

在把一件计划交付审议之前,先准备一个草案将有助于提高效率。即使它在审议中或许会被推翻,但这也意味着事情有所进展,因为不可取的方案已经被否定了。这种否定就如同燃烧后的草木灰一样有利于田地里新植物的生长。

二十六　论小聪明

常常会听到这样一种说法，说法兰西人的聪明藏在内，西班牙人的聪明露在外。前者是真聪明，而后者则是假聪明。不论事实是否真的如此，但这两种情况的确值得深思。

圣保罗曾说过："只有虔诚的外表，却没有虔诚的内心。"[1]与此相似，生活中有许多人徒有一副聪明的外貌，却并没有聪明的实质——"小聪明大糊涂"。

冷眼看看这种人是怎样用尽手段而办出一件蠢事的，简直是太好笑了。例如有的人看起来似乎很善于保密，而实际原因是因为他们的货色不在阴暗处就拿不出手。

有的人喜欢故弄玄虚，说起话来藏头露尾，其实是因为他们对事情略知皮毛，其它的就一无所知了。

有的人还喜欢装腔作势，就如同西塞罗嘲讽那位先生一样，"把一条眉毛耸立在额角，另一条眉毛垂到下巴"。有人说话专拣华丽的词藻，对任何不了解的事物他都敢果断地议论，似乎

---

[1] 此语出于《新约·提摩太书》第3节。

这样便可以显示出自己的高明。

有的人藐视一切他们弄不懂的事物，企图以轻蔑来掩盖自身的无知。

还有的人喜欢对一切问题都永远表示与人不同的见解，而且百般挑剔，企图抹杀其本质，以此来标榜自己具有独特的判断力。其实这种人正如盖留斯所说的是"一种完全靠诡辩来败事的疯子"。柏拉图[1]在《智术之师》一文中刻画的普罗太戈斯[2]，可以算作这种以诡辩空论误人子弟的典型。他每次作讲演，从头到尾都言不及义，却通篇都在批评别人与他的分歧。这种人总是否定多于肯定，批评多于建树。之所以如此，恰恰是因为建树比批评要困难得多！这种假聪明的人为了骗取有才干的虚名，简直比破落子弟设法维持一个阔面子的诡计还多。而且这种人不可大用，因为他们在任何事业上都是言过其实。

---

[1] 柏拉图，古希腊著名哲学家。《智术之师》有中译本。
[2] 普罗太戈斯是古希腊诡辩派哲学家。

二十七　论友谊

　　亚里士多德曾说过,喜欢孤独的人不是野兽便是神灵。①没有比这句话能更准确地把真理与谬误混为一谈。如果一个人脱离社会,遁入山林与野兽为伴,这表明他的确有几分兽性。但在他身上恐怕绝对找不到什么神性。除非他这样做的目的是要到社会之外去寻求一种更高尚的生活,就像古代克利特的诗人埃辟门笛斯②、罗马传奇性的皇帝诺曼③、哲学家埃辟克拉斯④和毕达哥拉斯的信徒阿波罗尼斯⑤那样。

　　友谊是人生不可缺少的。群氓并非伴侣,如果没有友情,生活中就不会有悦耳的和音。在没有友谊和仁爱的人群中生活,那种苦闷正如古代拉丁谚语所说:"一座城市如同一片旷野"。人们的面目淡如一张图案,人类的语言则不过是一种噪音。

---

① 语出亚里士多德《政治学》。
② 埃辟门笛斯,古希腊哲学家,曾隐居山洞中57年。
③ 诺曼,古罗马君王。传说他曾隐居山中。
④ 埃辟克拉斯,已见前注。
⑤ 阿波罗尼斯,古罗马哲人。

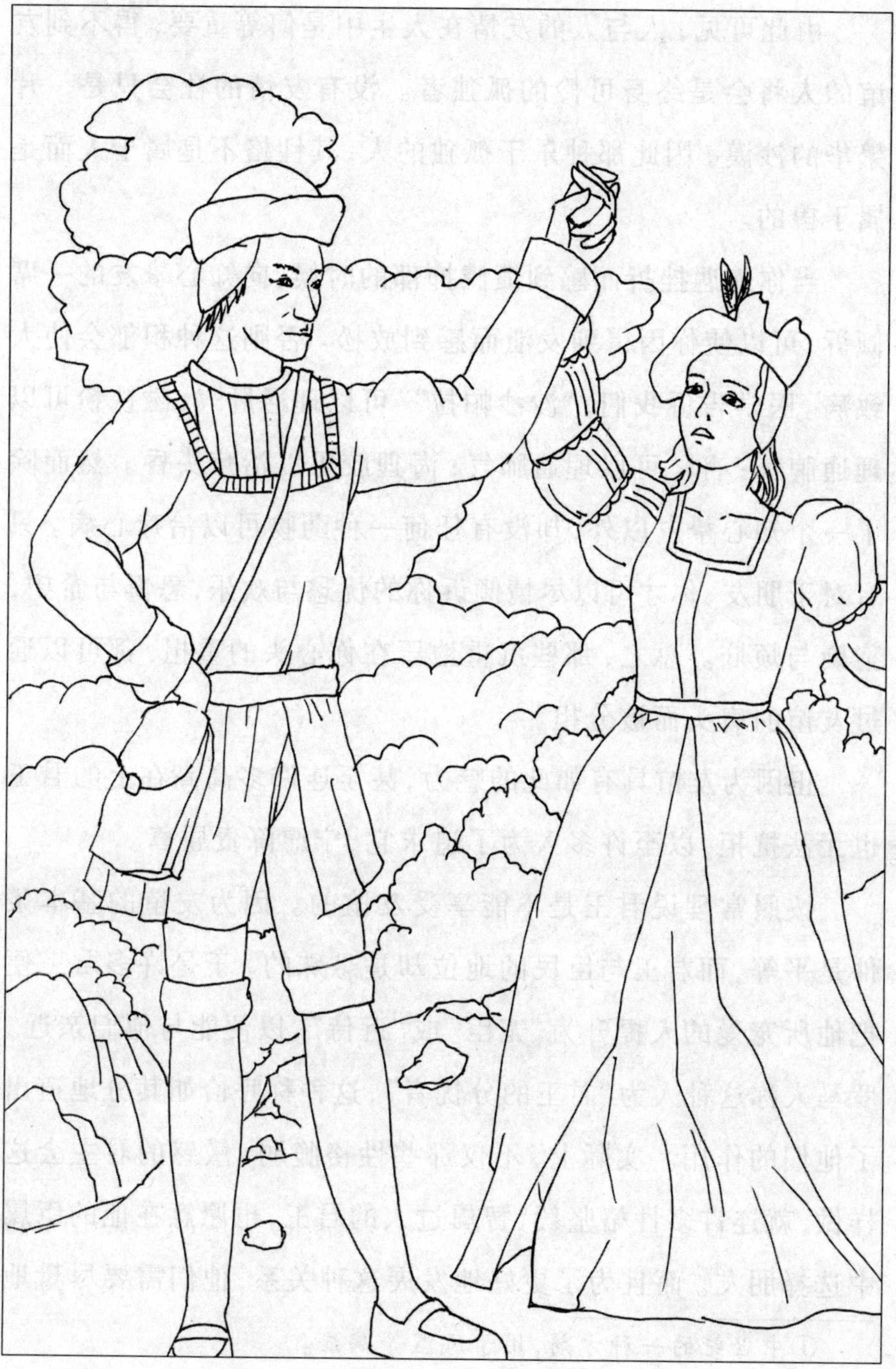

由此可见，人与人的友情在人生中是何等重要，得不到友谊的人将会是终身可怜的孤独者。没有友情的社会只是一片繁华的沙漠。因此那种乐于孤独的人，其性格不是属于人而是属于兽的。

当你遭遇挫折而感到愤懑抑郁的时候，向知心挚友的一席倾诉，可以使你因得到发泄而感到放松。否则这种积郁会使人致病。医学告诉我们，"沙沙帕拉"①可以理通肝气；磁铁粉可以理通脾气；杏仁可以理通肺气；海狸胶可以治疗头昏。然而除了一个知心挚友以外，却没有任何一种药物可以治疗心病。只有对于朋友，你才可以尽情倾诉你的忧愁与欢乐，恐惧与希望，猜疑与烦恼。总之，那些沉重地压在你心头的重担，都可以通过友谊的肩头而被分担。

正因为友谊具有如此的魅力，甚至连许多高高在上的君王也无法抗拒，以至许多人为了追求它，宁愿降贵屈尊。

按照常理说君王是不能享受友谊的。因为友谊的基本条件是平等，而君王与臣民的地位却是悬殊的。于是许多君王便把他所宠爱的人提升为"宠臣"或"近侍"，以便能与他们亲近。罗马人称这种人为"君王的分忧者"，这种称呼恰如其分地道出了他们的作用。实际上，不仅那些性格脆弱、敏感的君主会这样做，就连许多性格坚毅、智勇过人的君王，也愿意在他的臣属中选择朋友。而且为了更好地发展这种关系，他们需要尽量地

---

① 中世纪的一种方剂，用于风湿等病症。

忘记自己高贵的身份。

　　罗马的大独裁者苏拉曾与庞培结交①,而且还容忍了庞培在言语上的冒犯。庞培曾夸口说:"崇拜朝阳的人自然多于崇拜落日的人。"伟大的恺撒大帝也曾经与布鲁图斯②结为密友,并把他立为继承人之一,结果他居然诱使恺撒堕入圈套而被其同党谋杀。难怪西塞罗后来引用安东尼的话,把布鲁图斯称作"巫师",认为他用妖术诱惑了恺撒。

　　奥古斯都大帝曾提拔了出身卑微的阿格里巴③,(把他的侄女嫁给他,但他后来却抛弃了她)。当提比留斯皇帝统治罗马时,曾是那样地重用他的部下斯杰纳。在一封信中他竟表示:"我和你之间没有不能诉说的秘密。"④为了纪念他们的友谊,元老院还特意造了一座祭坛以示祝福。另一个罗马君王塞纳留斯与他的部下普罗丁⑤之间的友谊更是密切,不仅与他结成儿女亲家,而且还在给元老院的诏书中说:"我推荐他,并祝福他能死在我之后。"假如这些君王属于图拉真⑥或奥瑞留斯⑦这一

---

①苏拉,古罗马统帅、独裁者。庞培是苏拉的部下。
②恺撒,古罗马的统帅、政治家、独裁者。于公元前44年为罗马民主派政客所刺杀。刺客中有他的朋友布鲁图斯。
③阿格里巴(生于前63年),为罗马帝国名臣之一。
④此为意译。
⑤塞纳留斯(146~211),罗马杰出帝王,193~211年在位。普罗丁是他的爱将,后因叛变被赐死。
⑥于98~117年任罗马皇帝,以英明著称。
⑦于161~180年为罗马皇帝,以英明著称。

类型,那么可以把上述行为解释为多情和善良。但实际上这些人都具有刚强的意志和自尊好强的性格。然而在他们的生活中友谊仍是不可缺少的,尽管他们有妻子儿女和各种亲属,却仍然不足以替代朋友之间的这种感情。

法兰西历史学家科梅尼曾深入观察过他的君主查理公爵。[①]他说查理公爵从不愿把自己的重大事件与他人商讨,而这种独往独来的性格对他的事业无疑是有害的。如果科梅尼敢于评论他后来所服侍的另一位君主路易十一[②]的话,我们就会知道,在这一点上,路易十一比起查理公爵来是有过之而无不及的。这种孤独无侣的状态成了路易十一一生的克星。

毕达哥拉斯[③]曾说过一句神秘的格言:"不要啃掉自己的心。"如果将这个比喻讲得再明白一些,就是说,那些没有朋友的人,其实是在自己啃啮自己的心灵。你不得不承认,友谊的作用很奇特:如果你把快乐告诉一个朋友,你将得到两份快乐;而如果你把忧愁向一个朋友倾诉,你将被分掉一半忧愁。所以友谊对于人生,就像炼金术士所要寻找的那种"点金石"[④]。它既能使黄金加倍,又能使黑铁化金。实际上,这也是一种自然规律。在自然界中,物质可以通过结合得到增强。而人与人之

---

① 科梅尼(1445~1519),法国历史学家兼政治家。查理公爵(1433~1477),法国政治家。

② 路易十一,1461~1483年为法兰西国王。

③ 毕达哥拉斯,公元前6世纪古希腊著名数学家、唯心主义哲学家。

④ 变译作"哲人之石"。传说中的一种宝石,可以化铁为金。

间不也正是如此吗？

　　以上所说都是为了证明友谊的第一种作用——能够调剂人的感情，而友谊的另一种作用却能增进人的智慧。因为友谊不但能使人摆脱阴雨连绵的烦躁，而走向阳光明媚的晴空，而且能使人摆脱黑暗混乱的思想，而走向光明理智的思考，这不仅是因为一个朋友能给你提出忠告，而且任何一种平心静气的讨论都能把搅扰你心头的一团乱麻，整理得井然有序。当人们把一种设想用语言表达出来的时候，他也就渐渐看到了它们可能招来的后果。有人曾对波斯王说："思想是卷着的绣毯，而语言则是打开的绣毯。"所以有时与朋友进行一小时的促膝交谈比一整天的沉思默想更能使人的思维豁然开朗。

　　其实即使是没有一个能对你提出忠告的朋友，人也可以通过语言的相互交流而增长见识。讨论犹如砺石，思想好比锋刃，两相砥砺将使思想更加锐利。对于一个人来说，与其把一种想法紧锁在心头，倒不如把它倾吐给一座雕像，也比闷在心里好。

　　赫拉克利特[①]曾说过"初始之光最亮"。但实际上，一个人自身所发出的理智之光，往往会受到感情、习惯、偏见的影响而不那么明亮。俗话说："人总是乐于把最大的奉承留给自己。"的确如此，但友人的逆耳忠言却恰好可以治疗这个毛病。朋友之间可以从两个方面提出忠告，一是关于品行的，一是关于事业的。

---

　　①赫拉克利特，公元前6世纪古希腊唯物主义哲学家。

最能使人心灵健全的莫过于朋友的良言忠告。阅读伦理的教条不免会感觉枯燥。以他人的过失为鉴戒,有时也未必切合自身的实际。自我改善的最好办法莫过于朋友的告诫。事实上许多人(包括伟人)之所以做出终身悔恨之事,就是由于他们身边缺乏益友。所以正如圣雅各所说的:"虽然照了镜子,却看不清自己的嘴脸。"①

就事而言,有人认为两双眼睛所看到的未必比一双眼睛见到的更多,或者以为一个发怒的人未必不如一个沉默的人聪明,或者认为毛瑟枪不论托在谁的肩上,还是支在一个支架上都会打得一样准——总之,这种观点认为有没有别人的帮助结果都一样。这其实是一种十分骄傲而愚蠢的说法。最有益于事业的无过于忠告。在听取意见的时候,有人喜欢一会儿问问这个人,一会儿又问问那个人。这当然比不问任何人好。但也要注意,在这种情况下会有两种危险。一是这种零敲碎打得来的意见可能是一些不负责任的看法,因为最好的忠告往往来自于诚实而公正的友人。另外,这些不同源泉的意见还可能会互相矛盾,使你不知所从。比如你有病求医,一位医生虽会治这种病却不了解你的身体情况,服了他的药虽然这种病好了,却可能从另外的方面损害你的健康,治了病却也伤了人。所以最可靠的忠告,只能来自于最了解你事业情况的友人。

友谊对于人除了以上所说的这些益处以外,还有许多其他

---

① 语出《新约·雅各书》第1章第23节。

方面的,如同一个石榴上的果仁,难以一一细数。如果一定要说的话,只能这样来说:只要你想想,一个人一生中有多少事情是不能靠自己去完成的,就可以知道友谊有多少种益处了。因此古人说:朋友就是人生中的第二个"我"。但这句话的分量似乎还不够,因为朋友并不仅仅是另一个自我。

　　人的生命是有限的。有很多事情来不及做完就死去了。但如果有一位知心的挚友,人就可以安心瞑目了,因为他将能承担你未做完的事业。因此一个好朋友从某种意义上来说可以使你获得又一次生命。人生中有许多事,是不便自己去办的。比如人为了避免自夸之嫌,很难由自己讲述自己的功绩,可怕的自尊心又使人在许多情况下无法低首去恳求别人。但是如果有一个忠实可靠的朋友,这些事就都可以办到了。又比如在儿子面前,你要保持父亲的身份;在妻子面前,你要考虑作为男子汉的体面;在仇敌面前,你要维护自己的尊严。但作为一个第三者的朋友,就可以全然不计较这些,他会实事求是地替你出面主持公道。

　　由此可见,友谊在人生中是何等重要。它的好处是无穷无尽的。总而言之,当一个人面临危难的时候,而他平生又没有任何可以信托的朋友,那么我只能告诉他一句话——自认倒霉吧!

二十八　论消费

　　金钱是供消费的,而消费应当以荣誉或行善为目的。因此,各种消费因其目的不同而有本质上的区别。如果是为了国家利益,就值得倾家荡产。正如虔诚的信徒为进入天堂而献出一切那样。

　　但是,日常的消费应以个人的财力状况为标准。支出绝不能超过收入。要管理得当,谨防被家仆所欺骗。同时力求以低于估计的支出,得到高于它的效益。毫无疑问,要想使自己收支平衡,应把日常的花费控制在收入的一半以下。而如果想变得富有,那就只能消费收入的三分之一以下。

　　即便你是一个大人物,自己动手管理财产也绝不会有失身份。有些人不愿这样做,并不是他不把财产系挂于心,倒可能是怕因检点它而发现自己已破产,平添许多无穷的烦恼。然而你若不找出伤口来,又如何能医治呢?

　　不会当家的人一定要雇位得力的帮手,并且最好要经常更换,因为新人往往比较谨慎。

很少过问家计的人，至少应对自己财产的收支大概做出一定的计划和安排。

一个人若在某一方面开销较大，就必须在另一方面上有所节制。比如在吃喝上花钱多，就应在衣着上节省，在住房上讲究就应减少在马厩上的花费。处处都大手大脚，将难免会陷于窘境。

偿还债务时，不要急于一下还清。否则与久欠不还毫无分别。一次还清债务的人有可能重走借贷的老路。因为一旦他们发现自己轻易摆脱了债务的负担，难免又会旧病复发。而一点点地偿还债务，就会使人养成节俭的习惯，这无论对他们的心灵还是财产都有益处。要维护自己的尊严就不能不计较小节，减少自己零星的花费要比低三下四地谋求小利更为体面。对待自己的日常经济支出应该始终小心翼翼，但对那些一次性的开销倒不妨大方一些。

二十九　论强国之道

在一次宴会上,有人邀请雅典政治家塞米斯托克里演奏竖琴。他说:"我不精于琴道。我只知怎样使一个小邦变成强国。"[①]君一向咄咄逼人,骄傲不逊。但他这句话的确可以作为评判政治家的尺度。我们可以用这个尺度来衡量一下历代的治国者,就会发现可以把他们划分为两类——有一类人善把弱邦变成强国,却不会弹竖琴。另一类人精于琴艺之术,却不善于把弱邦变成强国。不仅如此,这种精通琴艺的治国者,往往还具有一种相反的才能,就是把一个繁荣兴旺的强国搞得河山破碎。有许多尊享高官厚禄者,媚上欺下,只精通弹琴一类的雕虫小技,却无术于兴国利民。这种治国者,被恰如其分地被称为"弄琴者"。他们虽善于在大庭广众之下哗众取宠,但对于治国经邦,却毫无裨益。还有一种政治家,守成有余却无能创业,这种平庸之辈也是不足为训的。一般而言,官员应当勤勉清廉,善

[①] 塞米斯托克里,前514年生。雅典政治家、军事家,领导雅典在海战中击败波斯,后因专权而被放逐。卒于前449年。

于为君主补缺拾遗,然而仅依靠这种勤政之术,仍然无法领导一个国家走向伟大富强。我们所应当探讨的,是任何伟大的政治家都不能不注意的强国之道。对于雄才大略的英主来说,这一问题是最值得认真思考的——怎样才能做到既非好大喜功,又非无所作为呢?

每个国家的疆域有限,它的财政收入也是有限的。它的人口可以用数字来统计,城镇可以见之于地图。然而尽管如此,在政治中最不易做的计算,却正是对一个国家实力的估计。我们知道,基督并没有把天国譬喻作一个巨大的果实,却只譬喻为一粒小小的芥籽。然而就是这样一粒不平凡的芥籽,一旦播种就能繁殖,最后将带来满仓的收获。同样对一个国家的实力也可以用这个观点去譬喻。有些国度貌似庞大,其实内部衰朽。有些国度貌似弱小,却正在发展壮大。

国家的强弱,并不仅仅取决于拥有多少高墙、坚垒、大炮、火药、战车及骏马。从根本上说,只有民气强悍英武,国势才能强盛不衰。否则,尽管有强大的武备,也不过是金玉其外,败絮其中罢了。罗马诗人维吉尔说过:"狼并不介意它所面对的羊究竟是一只还是一群。"在阿比拉之战中,马其顿亚历山大大帝所面对的波斯军队浩如人海,以至连他的战将也感到惊惶,因而建议将作战计划改为夜袭。但是亚历山大却说:"我从来不用偷偷摸摸的方法去取得胜利。"结果他纵兵入阵,竟以人数极少的精兵击败了数目庞大的乌合之众。

而相反的事实是，亚美尼亚国王提格尼斯与罗马军团对阵，当他发现对手只有1.4万人，而自己却有大军40万时，不免骄傲地夸口："这么一点敌人，作为一个来求降的使团人未免太多，但是作为一支来打仗的军队，又未免太少。"然而战斗还不到日落时节，他就发现自己已经全军覆没了。

历史上的这类事例举不胜举。由此我们可以得出如下的结论：军事的强大，不取决于数量，而取决于质量。首先靠的是民心与士气。

有一句俗话说："金钱是战争的肌肉。"但如果这肌肉并非生长在一个健康的人体上，那也无非只是一堆烂肉罢了。

当利底亚国王克里沙斯向雅典政治家梭伦[①]夸耀他的财富时，梭伦说得好：

"陛下，这些财富并没有主人。它在未来只能归于强者所有。"

所以治国者应当懂得，数字庞大的军队和财富都并不可恃，至于那些花钱雇来的军队，就更不值一说了。

一个国家的人民如果负担着太重的苛捐杂税，那么这个国家的民气就不能勇敢尚武。负重的驴子怎么可能和剽悍的雄狮相提并论呢。但是，人民自愿捐纳所得税的国家不在此例，荷兰和英国就是这一类国家。但尽管如此，军费负担过重的国家，也是不会强大的。

要想使国力强盛，还应当抑制贵族和食利者的发展，不能

[①] 梭伦（前639~前559），雅典政治家，立法者。

使这两个阶级过于强大。否则，就会发生本末倒置的情况，农民与工匠的成果，都将被他们吞食消耗掉，这也正像树林中的情况一样，那种高大的乔木之下，是很难繁衍出灌木的。

例如英国和法国的对比，就土地和人口而言，英国都次于法国。但在历次战争中，英国的优势却胜于法国，原因就在于英国人民的素质高于法国，英国士兵来自于自由的中产阶级，而法国士兵则来自于贫贱的农奴。就这一点来说，我们应当感谢英王亨利七世所实施的那种有远见的政策（详细讨论，请参看我的《亨利七世传》）。他实行了限田和均田的农业政策，限制对土地的兼并，使豪强难以发展，两极分化不致过分尖锐，从而达到了古诗人维吉尔所形容的理想境界：

"田地丰饶

士卒强盛。"

此外，还有一点也是不容忽略的（这种情况据我所知仅存在于英国，此外也许还有波兰），就是我们的国家不存在奴隶制。就连贵族仆役在身份上也是享有自由权的公民。由他们组成的军队，战斗意志——也就是捍卫自由的意志是非常强烈的。

据说巴比伦王尼布甲曾梦见一棵大树，此树根脉强壮，以至枝叶不管长得多大仍然可以支撑。这是一个好梦，它的寓意是，即使一个小国，如果具有开放的心态和兼容并蓄的国策，善于不断从外部吸取人员和文化上的精英，那么也一定可以发展成为一个一等的强国。反之，就很难得到生存和发展。斯巴达人对于外邦人入籍控制得最严,因此他们能把这块小小的城邦坚守得很牢固。然而一旦他们面临必须向外开拓的局面,就会很快土崩瓦解了。

历史上最乐于向世界开放的城邦莫过于罗马。他们愿意把公民权授予一切愿意归顺和定居于罗马城的人,而根本不考虑他们过去属于哪个国度。不仅如此,他们还允许这些外籍公民享有与罗马人完全平等的权利——不但享有贸易权、婚嫁权、继承权,而且享有选举权和担任公职权。罗马人不仅将这种权利授予个人,也授予家族、城郊甚至一个国家。①同时,罗马人把自身看作世界的公民,他们不断向外扩张、拓展和移民。于是罗马开始不断向世界化发展——一方面是罗马走向世界,另一方面是世界走进了罗马。这也正是罗马可以从一个初期的小邦,迅速成长为称霸一方的世界强国的原因。

近代历史中也有类似的事例。我常常觉得惊诧,那么少的西班牙人何以获得如此庞大的海外殖民地呢?这种局面又是怎么形成的呢?我想他们可能正是吸取了罗马人的经验。虽然他们没有采用允许外邦人自由入籍的政策,但在他们的军团中,外籍士兵的待遇却和本国人相同。而且他们不仅使用外籍士兵,也聘用一些外籍军人担任高级将领。这样他们就改善了本

---

① 罗马公民权包括:(1)选举权(2)被选举任官权(3)婚娶权(4)财产权。享有这四种完整权力者方为罗马正式公民。这种公民权在罗马帝国后期得到普及。

国人力资源不足的情况。

制作工场中的生产和劳作,与军事活动的性质是截然不同的。而且尚武好战的民族,往往在生产上比较懒惰,——他们不喜欢从事劳动,却喜爱冒险。因此,古代的斯巴达、雅典、罗马等国家,都蓄养奴隶从事劳作。但奴隶制是违背基督教精神的,因此这种制度今日已不再能推行。取而代之的办法,就是把奴隶们干的工作交付给用钱招来的外籍工人。特别是如下几类繁重低下的工作——耕作、仆役以及铁匠活、泥瓦匠活和木匠活等。这样,武士就可以成为专门的职业了。

一个国家如果想真正强大起来,就必须以最大的力量加强国防和军备建设。其实我以上所讨论的,都不过是所需要的条件和准备罢了。因为如果没有目的和行动,条件和准备又有什么用呢?据说罗马城的始祖罗慕洛临死时留给罗马人的遗言就是:不断加强实力,营建一个世界帝国。

善战的斯巴达国家的全部组织结构也都体现着这样一个总体的霸权目标(虽然组织得并不完善)。在一段较短的时期里,波斯国和马其顿国也曾成为军事霸主。高卢人、日耳曼人、哥特人、撒克逊人、诺曼人也都曾有过类似的梦想。土耳其人至今仍然具有这种梦想,只是实力达不到罢了。

欧洲今天的诸基督教国度中,实行这种军国政策的只有西班牙一国。想要依靠武力成为强国的,一旦武力衰败,国势必然下跌。

与此相关的另一点是，如果发动战争，必须在宪法和政策上有正当的根据。人性中天然具有的正义感和同情心，使人们只乐于支持和参加那种有合理目标的战争(假如没有正当的理由至少也应当找到适当的借口)。土耳其人对外发动战争，就常以传播他们所信仰的宗教为借口，罗马人不断对外进行领土扩张，但他们却从不以侵占领土作为战争理由。就发动战争的理由而论，像本国的领土受到威胁，商人或使节遭受非礼等都是可以利用的借口。此外，同盟国所受到的侵犯或威胁，也可以用作开战的借口。罗马人就曾经这样做过。他们非常乐于援助那些曾与他们订盟的国家，并且从不让其他盟友有抢先的机会。

但是对别国内部的党派争斗进行武力干涉，这绝对不能算正当的理由。例如罗马人为支援希腊殖民地独立，而对希腊人发动的战争；斯巴达人与雅典人为在希腊推行寡头政治或民主政治发动的战争，等等。一个人如果不经常从事运动，身体不可能健壮。同样，无论是一个君主国还是民主国，师出有名的一次体面战争无疑就是最好的锻炼。

但这不包括内战。内战是耗损元气的热病，而对外战争才是有益于国家强大的运动。为了准备这种运动，应当经常鼓励人民的尚武精神。此外，还应当保持一支强大的、随时可以投入战斗的常备军。西班牙人就是这样子做的。他们那支训练有素的军队，常备不懈已有120年的历史了。

能否取得海上的霸权地位,是决定一个世界帝国能否建立的关键。古代西塞罗在写给亚提科斯的信中,曾论述庞培与恺撒作战时的这样一个战略:"庞培的政策就是当年雅典战胜波斯的战略,他懂得谁掌握了制海权,谁也就掌握了世界!"毫无疑问,如果不是由于庞培过于自信和轻敌的话,那么用这种战略他确实是可以击败恺撒的。

关于历史上海战的战果,众所周知,奥古斯都与安东尼在亚克汀海之战,决定了罗马第一帝国的归属①。1571年勒邦多海上之战,土耳其舰队的覆灭,导致了这个骄横帝国的衰落②。历史上许多次战争都是以陆战开始而以海战告终的。所以这是一个重要的教训:谁控制了海洋谁就能控制世界!至于内陆的霸权,局面总是有限的。就当代而论,英格兰已赢得了海上的优势,这就使我们不仅可以通过海岸交通线控制全欧,而且可以向富饶的东、西印度群岛进一步拓展。

与古代那些威武雄壮的战争相比,近代的战争黯然失色。这完全与现代那些荣誉勋章的泛滥戚戚相关。他们往往不加区别地将勋章授予那些军人或非军人。但是在古代就不同,国家更珍惜战争的荣誉。所以,在战场上刻石立碑,为烈士建纪念碑,授予英雄以统帅的桂冠,以英雄的名字命名,举行盛大的凯旋仪式,给复员的战士慷慨的赏赐以及给伤残者优厚的抚恤

---

① 亚克汀海之战,发生于前31年,地点在希腊西部海域。
② 勒邦多海之战,发生于1571年,地点亦在希腊海域。

等,这些明智的政策和措施,巧妙地激励鼓舞了全民族的尚武精神和斗志。

当年罗马人最为重视的大事就是战争胜利后的凯旋仪式。举行这种仪式不仅是为了炫耀胜利,而且还包含三重意义:把荣誉归于将帅;把战利品献交于国库;以及把赏赐颁发给士兵。但是,如果率兵的将帅是君主本人,那么君主就应当把胜利的荣誉授予全体人民。

最后,我们可以这样来做一下总结:强身无术,但是强国有道。关于前者,可以说人的体格形态是天生的,所以人不管使用什么方法也无法控制自己的身高和体质。但是国家就不同,每个统治者都可以通过推行适宜的政策,而改良风俗,加强国力,从而造就富强之势。但令人遗憾的是,这一点至今为止还不是所有的治国者都能理解的。

三十　论养生之道

　　人应当善于鉴别哪些物品食用有益,哪些物品食用有害。这种善于自我观察的智慧,是一味最好的保健药。对于一种欲望,如果人能断定"它对健康是不利的,我应当摒除它",肯定比断定"它对我好像并无害处,放纵它无所得"要安全得多。要知道人在身强力壮的青少年时代所养成的不良嗜欲,到了晚年是要一并结算的。年纪是不能用来做赌注的。人要注意自己年龄的增长,不要以为自己永远可以做与过去同样的事情,因为岁月的确是不饶人的。如果需要改变一种饮食习惯,那么最好全面重新调整一下。因为大自然中好像存在一条规律,就是改革一部分不如改革整体为好。如果你一旦发现某种嗜好对身体有害,你就应设法除掉它。但是,如果身体不能立即适应,就不宜操之过急。

　　要经常保持心胸坦然,精神愉快,这是延年益寿的秘诀之一。人尤其应当克服嫉妒、暴躁以及焦虑、抑郁、怒气、苦闷、烦躁等情绪。人心中应当经常充满希望、信心、愉快,最好常常发笑，但不要过度狂喜。要多欣赏美好的景物，进行对身心有益的学问的研究和思考——如阅读历史、格言或观察自然。

无病时不要滥用药物，否则一旦疾病降临时，药可能就不再生效了。但也不要忽视身体中的小毛病，应当注意防微杜渐。生病时，要努力恢复健康；而健康时，则应当经常从事锻炼。许多体力劳动者在生病时健康恢复地较快，说明锻炼对增强体质是非常重要的。

古人认为增强体质的办法之一，是设法适应两种相反的生活习惯。但我认为最好还是加强那种对生命有益的习惯——例如禁食与饱食，还是以吃饱为好；失眠与睡眠还是以睡眠为好；静止与运动，还是以运动为好。当然古人的说法也是有道理的，因为进行广泛的锻炼的确能够改善人的适应能力。

有些医生很放纵病人，而有些医生则要求病人绝对服从自己。这两者都不好，理想的医生应当是介于二者之间的。因此在选择医生的时候，还要注意，医生的名望固然很重要，但一个了解你身体情况的医生可能会更好一些。

三十一　论猜疑

猜疑之心犹如蝙蝠，它总是在黑暗中飞起。这种心情可以迷惑人的心智。它能使你陷入迷惘，混淆敌友，从而破坏你的事业。

猜疑易使君王变得暴戾，使为人夫者产生嫉妒之心，使智者陷入重重困惑。

猜疑者未必是由于怯懦，而往往是由于缺乏判断力。所以一个很果敢的人有时也可能会堕入这种情感，例如亨利七世便是。世间少有像他那样果敢的人，但也少有像他那样多疑的人。但正由于他具备这种气质，所以猜疑对他危害并不大。因为当他产生了疑忌时，并不会贸然信从这种疑忌。而对一个胆怯的庸人，这种猜疑则可能立刻阻滞他的行动。猜疑的根源是由于对事物缺乏足够的认识，所以多了解情况是消除疑心的有效办法。

其实人们又希求什么呢？难道他们以为与他们打交道都应当是圣人吗？难道他们以为人应该杜绝一切为自己谋算的私心

吗？

当你产生了猜疑时，你最好还是有所警惕，但又不要表露于外。

这样，当这种猜疑有道理时，你已经预先做好了免受其害的准备；当这种猜疑被推翻时，你又可避免因此而误会了好人。

人尤其要警惕由别人传来的猜疑，因为这很可能是一根有毒的挑拨之刺。如果可能的话，最好能对你所怀疑的对象开诚布公地谈一谈，以便由此解除或证实你的猜疑。但是对于那种卑劣的小人，这种方法是行不通的，因为他们一旦发现自己正在被怀疑，就可能会制造出更多的骗局来。

意大利人有一种说法："受疑者不必忠实。"其实这是不对的，因为在受到猜疑时，人就更有必要忠于职守，以此证明自己的清白与无辜。

三十二　论言谈

　　有些人讲话，只图博得机敏的虚名，而从不关心对真理的讨论，似乎认为语言形式比思想实质还有价值。有些人津津乐道于某种陈词滥调，而其意态却盛气凌人。这种人一旦被识破，就难免会成为笑柄。真正精于谈话艺术者，是善于引导话题的人。同时又是那种善于将无意义的谈话转变方向者。这种人可以称做是社交谈话中的指挥师。单调无聊的谈话会令人生厌，因此，善于言谈者必善幽默。但这并不意味着对一切事物都可以拿来打趣。例如关于宗教、政治、伟人以及别人令人同情的苦恼，等等，绝不应用做话题加以取笑。在有的人看来，如果说话不够刻薄，就不足以显示自己的聪明，其实这种习性应该加以根绝。正如古人关于骑术所说的："要紧掣缰绳，少打鞭子。"

　　那些喜欢出口伤人者，恐怕是低估了被伤害者的记忆力和报复心。在谈话中善于提问者，必能多有受益。若所提问题又恰是被问者的特长，那将比直接恭维他更有利。因为这不仅能使听者获得教益，也能使被请教者感到愉快。但提问应当掌握好询问的分寸，以免使其变成盘问，使被问者难堪。作为客厅中的主人，应当使在座的每个人都有发表意见的机会，以免有人产生被冷落感。遇到有人独占谈局，主人就应当设法将话题转移。还要记住，善于保持沉默也是谈话的一种艺术。如果你对自己所了解的话题不动声色，那么下次在你所不懂得的话题中保持沉默，人们也不会认为你无知。关于个人的话题应尽量少讲，至少不要讲得不得当。我有个朋友，他总用这样的话讽刺自吹自擂的人，说："此公真聪明，因为他居然对自己无所不知。"人只有在这样的形式下表现自己，或许应该不会招致反感。这就是以赞扬他人优点的形式来衬托自己的优点。谈话的范围应当广泛，就像一片原野，使每个行走其中的人都能左右逢源，而不要成为一条只能容纳一个人的单行道。谈话时切不可出口伤人。我有两位贵族朋友，其中一位豪爽好客，但就是喜欢骂人。于是另一位便经常这样询问那些参加过他家宴会的人："请说实话，这次，席上难道真的没有人挨骂吗？"等客人谈完，这位贵族就微笑说："我早猜到他那张嘴，能使一切好菜改变味道。"此外关于谈话的艺术还应当了解：温和的语言胜过雄辩的力量；不善答问者是笨拙的，但没有原则的诡辩却让人感觉到轻浮；讲话过多地绕弯子会令人厌烦，但过于直截了当又会显得唐突，只有能掌握此中分寸的人，才算是精通谈话的艺术。

三十三　论殖民事业

殖民事业是远古英雄时代的产物之一。当世界年轻的时候，它可以养育众多的子女，如今老了，能养育的子女自然就少了。我们可以说，殖民地就是那些老年国家的新生子女。它通常都建立在未开发过的处女地上。因为那些地方的土地没有主人，不会发生竞争。否则，就不是殖民而是扰民了。

殖民事业有如造林，至少要投资20年后才能有收益。急功近利，则是许多殖民地失败的原因。当然，如果能够兼顾长远利益与眼前利益，那是最合于理想的。

把本土的罪犯或其他社会渣滓送去从事殖民垦拓事业，是危险而且不道德的。移民应当选拔那些有专长的人，例如农艺家、工人、铁匠、木匠、渔夫、猎人，还应当有医生、厨师。在待垦辟的土地上，要充分利用它的天然资源，如那些土特产：栗子、核桃、菠萝、橄榄、枣子、樱桃、草莓、蜂蜜等。此外，还要注意栽植那些生活中必需的食物，如蔬菜、玉米等，至于大麦、小麦，费工太多，就不妨先种豆类，既可以作为主食，也可以作为副食。

但是，考虑到第一年的种植未必会有理想的收获，因此在筹备殖民之前多准备食物是非常必要的，至于牲畜和禽类，要选择那种繁殖快而又不易生病的，如猪、山羊、鸡、鸭、鹅之类。

在殖民初期阶段，对于食物应当像战争中的围城一样，实行严格的定量配给制度。在分配土地时，要把最平坦的好地，作为公田，把收获征人公共仓库作为储备。把小块的零碎土地分给个人作为园圃。要及时发展殖民地的土特产品，以便输出国外，换取所需的各种补给品。例如美洲的烟草种植就是这样发展的。森林也是宝贵的资源，要善于开发利用。矿产也是如此。此外，在气候适宜的海岸，还可以制造食盐，制取麻类、采集药材、香料、皂类等等。这些固然都是有利可图的事业，但在殖民初期阶段，却不可把人力都集中于此，从而忽略了食物生产，导致饥荒。

在政治上，最好实行集中管理制度，但是要配备一个好的顾问团。必要时可以限制地发布戒严令。不要忽略宗教的作用，它可以使人们在寂寞、孤独和荒凉中具有精神的依托和支柱。政府中也不要设置过多的冗员。议会成员要选拔贵族、名流担任，最好不要任用商人。在殖民事业基础尚未巩固以前，不要对进出口征收高关税。最好免税，并且鼓励出口。还要注意保持人口的平衡，以免增加殖民地的负担。

殖民地点如果过于靠近潮湿海滨，会引发一些疾病。因此住宅区要择高开辟。但是要注意，河、海又是有利于交通运输的。移民区还要储备充足的食盐，这不仅有益卫生，而且可以利用它延长食品的贮藏期。要善于搞好与当地土人的关系。不仅可以经常赠送些礼物表示友谊，更重要的是，要以平等互利的方式与他们交往，当他们受到外敌攻击时，还应当帮助他们抗击。要吸引他们到移民区参观，使他们开放眼界，了解世界上比他们更美好的生活方式。在经济基础巩固以后，就可以接纳妇女，使移民传宗接代。作为宗主国，如果只把人民送去垦辟，然后抛弃不管，那不仅是一个国家的耻辱，而且也是一件严重的罪恶。

三十四　论财富

我把财富看作德行的累赘,除此之外,再也没有更合适的词来形容它了。在拉丁语中,财富与辎重、行李、包袱是同一个词。这一点值得深思。在军事上,辎重是不可缺少的,但也是一种累赘。军队往往为了保护它们而打败仗。事实上,过多的财富是无用的。因为一个人的需要有限,超过这种需要的钱财,便是多余之物。所罗门曾说:"财富多者诱人渔猎,而对于人生,除了徒饱眼福以外又有何用?"一个人的财产在达到了某种限度后,就会无法消受。他可以储藏财富,也可以分配或赠送他人,或者用它换取富翁的名声。但对于他本人,这些财产只是身外之物,没有什么用处。试看有人为了购买一些美丽而不中用的石头,竟肯付出连城的巨价,不正说明了这一点吗?再看看有人为了使巨大的资源能够派上用场,花费了多少莫名其妙的心思?也许有人说,财富可以在一切场合打通各个关节,救人于危难。而所罗门却说:"在世人的想象中,财富似乎是一座堡垒。"这话说得妙,的确只有在幻想中才会如此。因为在历史上，不知道曾有多少人因多财而招祸呵！因财富而毁掉的人远比被财富所救助的人多。不要总是梦想发横财。财富应当用正当的手段去谋求，应当慎重地使用，应当慷慨地用以济世，并且到临死时应当毫无留恋地与之分手。然而也不必因此就对财富故作蔑视。西塞罗评论罗马人波斯玛斯曾说："他追求财富，但不是为了满足私欲，而是要得到一种行善的工具。"[①]这是一个好箴言。而所罗门的告诫也是值得汲取的："想发横财者必堕于不义之术。"

在神话中，当财富之神普卢塔斯接受丘比特的派遣时，他步履蹒跚，行走迟缓。但是当他接受了死神普卢陶派遣的时候，却跑得飞快。这个故事说，依靠善良的方法和正当的工作获得的财富，是来之不易的。但是以别人的死亡为代价所得到的财富（包括遗产）则是快速而危险的。由于普卢塔斯是魔鬼的化身，这个故事的寓意就更深刻。即是说，当财富是从魔鬼那里取得的时候(如靠欺诈、压榨或其他恶术)，那一定也来得很快。致富之术很多，而其中大多数是卑污的。节俭是其中最纯洁的一种。虽然实际上这也是不道德的，因为悭吝者必不肯帮助穷人。最自然的致富之道是取于土地，大地是人类伟大的母亲——给人以许多恩惠。但如果只靠种地致富，就未免太慢了。如果把财产大量地投资于地产和矿产上，财富倒可以得到迅猛的增值。我认识一位贵族，他是当今最富有的人，因为他同时

[①] 西塞罗，罗马作家。波斯玛斯，罗马贵族。

是大草原、大牧场、大森林、大煤矿、大铝矿、大铁矿和许多其他产业的主人。对于他而言,大地就仿佛是一条源源不断的财富之河。

有人认为,赚小钱难,挣大钱却容易。这也是有一定道理的。增值财富需要本钱,本钱愈大,得利愈多,所以富者可以愈富。但一般人只能规规矩矩地赚钱,一要靠勤俭,二要靠公平交易以获得正直无欺的声望。依靠卑劣得来的财富是肮脏的。高利贷也是牟取暴利的捷径之一,但也是最卑劣的方法之一。它是把自己的财富堆积在别人的血汗上。甚至连安息日也要计算利息,为了钱时不顾冒犯天条戒律。但是放债者同时也冒着陷入他人圈套的危险,结果不但得不到利息,还有可能蚀掉本钱。依靠某种技术上的专利,抓住机会有时也能使人暴富。例如那位取得加那利群岛上制糖专利的企业家。①因此,一个有发明才智,又善于判断时机的哲学家,也具有发财的机会。靠固定收入的人很难致富,而轻率地拿全部财产从事投机生意的人,往往要冒倾家荡产的危险。最好的途径就是,既保持一种稳定的收入方式,又可以大胆从事某些冒险的试验。这样即使失败了,也会有退路。取得专利或垄断权,也是一种很好的致富之术。尤其当这种垄断品在市场上的需求很大时,替人做事赚酬金固然是正当的,但所做的事千万不要涉及卑劣才好。例如为谋取遗产而参与阴谋,以图分利,就是极其卑鄙的。

①加那利群岛,在非洲西北方印度洋中。

不要信任那些自称蔑视财富的人。他们之所以蔑视财富也许只是因为他们没有财富，假若他们一旦拥有钱财的话，恐怕没有人能比他们更敬奉财神了。不要吝惜小钱，钱财是有翅膀的，有时它自己会飞，有时你必须将它放飞，如此方能招来更多的钱财。人到弥留之际，若不把钱财遗留给亲属，就只能留给社会。但所留遗产的数量应当适中。给子女留一份大家业，未必是对他们的爱。如果他们年轻而又缺少见识的话，那么这份家业可能招来许多鹰鸷环聚他们身边，把他们当作被围捕的猎物。同样，为了虚荣而捐赠大笔款项、基金等，正像不撒盐的祭品，保存不会太久，还有可能变成一座粉饰的坟墓，外表好看而内部滋生腐败。遗产的馈赠，最好在生前，而不要等到死后，因为活着赠人礼物是一种恩惠，而死后留给别人的东西，只是自己已不能享用的东西。

三十五　论预言

　　这里所讨论的预言,并非神的启示,或异教徒的妄语,也不是神秘的征兆,而是那些貌似有根有据,其实却由来不明的所谓的预言。例如《圣经》中的女巫曾对以色列王扫罗作过如下预言:"明日你和你的子民将与我同归。"①荷马史诗中也有一个预言说:"伊里亚斯族将统治所有的海岸,直到他的子孙世世代代。"②这似乎预言了罗马帝国的兴起。

　　悲剧作家塞涅卡作过如下的预言:

　　"大海将敞开她的衣襟,呈现广大的胸膛。狄菲斯将发现新的天地,特勒不再是最远的海疆。"③

　　这好像是对于后来发现新大陆的一种预言。波利克拉特斯的女儿在梦中看见丘比特为他父亲洗澡,阿波罗给他身上涂

---

①事见《旧约·撒母耳记》第28章。这是暗示以色列军的覆败。

②引自罗马诗人维吉尔诗篇。维吉尔原诗则出自荷马诗句,荷马原文云:"伊利亚及其后代将成为特洛伊之王。"

③诗中狄菲斯为希腊航海家。特勒是古代欧洲人认为的大地边缘。

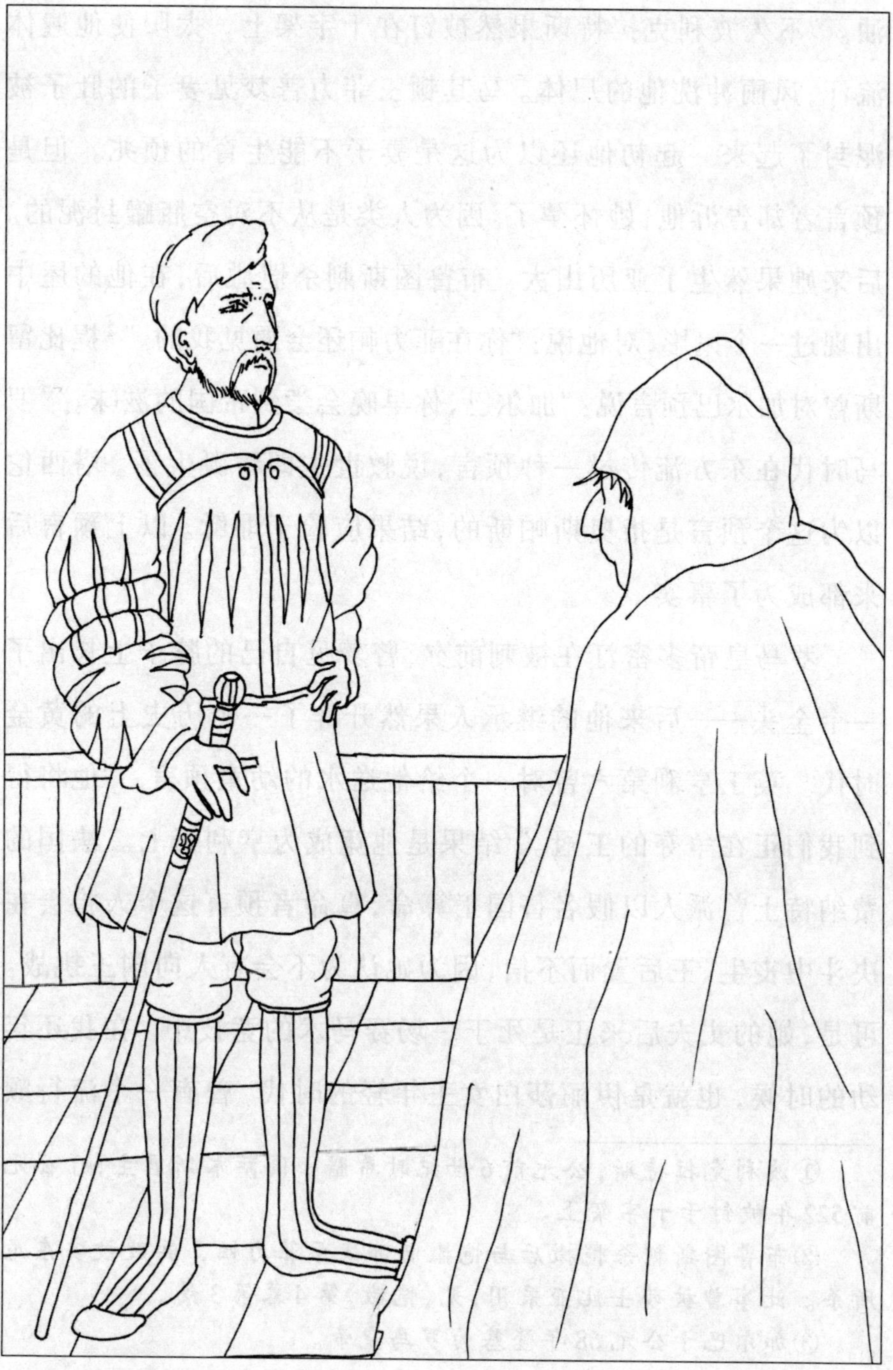

油。①不久波利克拉特斯果然被钉在十字架上，太阳使他遍体流汗，风雨冲洗他的尸体。马其顿王菲力普梦见妻子的肚子被泥封了起来。起初他还以为这是妻子不能生育的预兆。但是预言者却告诉他，她怀孕了。因为人类是从不对空瓶罐封泥的。后来她果然生了亚历山大。布鲁图斯刺杀恺撒后，在他的屋中出现过一个鬼影，对他说："你在菲力帕还会遇见我的。"②提比留斯曾对加尔巴预言说："加尔巴，你早晚会尝到帝国的滋味。"③罗马时代在东方流传过一种预言，说救世主即将诞生了。塔西佗以为这个预言是指奥斯帕斯的，结果应验于耶稣。以上预言后来都成为了事实。

  罗马皇帝多密汀在被刺前夕，曾梦见自己的脖子上长出了一个金头——后来他的继承人果然开辟了一个历史上的黄金时代。英王亨利第六曾对一个给他送水的幼童预言："他将得到我们正在争夺的王冠。"结果是他竟成为亨利第七。法国的费纳特士曾派人以假名替国王算命，算命者预言这个人将会在决斗中丧生。王后置而不信，因为她认为不会有人向国王挑战。可是，她的丈夫后来正是死于一场赛马术的竞技中。在我还年幼的时候，也就是伊丽莎白女王年轻的时代，曾有一个流行颇

---

① 波利克拉特斯，公元前6世纪时希腊小国萨木斯君主，于公元前522年被钉于十字架上。

② 布鲁图斯刺杀恺撒后与恺撒旧部战于菲力帕，兵败被安东尼所杀。此事曾被莎士比亚采用，见《恺撒》第4幕第3景。

③ 加尔巴于公元68年登基为罗马皇帝。

广的预言，说：

"当麻织成线，

英格兰就完蛋啦。"

把英国几位历代君主名字的头一个字母排列起来，就有了预言中的"hempe"这个字，当时人们认为，这预言似乎是说，等到这几位君主（就是亨利七世、爱德华六世、玛丽一世、菲力普二世和伊丽莎白一世）的时代过后，英国就要天下大乱。感谢上帝，这个预言并没有实现。但它却在英国的国名上得到了证实。因为我们当今的国号已不是"英格兰"而是"大不列颠"了。在1588年以前，还流行过一个预言，当时我们并不懂它的意思：

"有一天将看见，

在巴与迈之间，

挪威的黑色舰队。

在它失去了以后，

英国啊，大兴土木吧，

因为以后不会再有战争了。"

直到1588年，西班牙无敌舰队被我国海军击溃以后，我们才理解，原来这个预言是针对西班牙的。因为西班牙王的姓恰好是挪威。

当时还流传过一个占星术的预言：

"88年，一个出现奇迹的年头。"[①]恐怕也是针对西班牙舰队

[①] 指15世纪德国占星家雷乔蒙塔努斯的预言书。

的。这个舰队，即使不算有史以来最庞大的，也是武力最强的。至于雅典人克利昂的梦，看起来却仿佛是个玩笑。他梦见自己被一条龙吞了。后来他遇到了一个做腊肠的人在背地里给他惹麻烦，便有人解释说这个做腊肠的，就是那条龙。类似的事举不胜举。如果把梦兆和占星术方面的预言都计算一下的话，其数目恐怕更大。但我认为，这些预言并不值得过分重视，虽然它们可以作为冬夜炉旁闲谈的好话题。我所谓的不值得重视，是说它们没有凭信。但在另一个方面，假如社会上广泛流传这种东西，政治家就不应当忽视。因为谣言的蜂起可以在历史上酿成许多祸乱。因此许多国家制定了严厉的法律禁止它们。人们之所以乐于传布和相信这种预言，有三种原因：第一是人们只注意这种预言的应验，而不去理会它们的不应验，对于梦兆也是如此。第二是预言的内容多数都是模棱两可的，以至可以给人们的各种推测和解释保留很大的余地。正如像前面所谈的塞涅卡的诗句那样。显而易见，地球在大西洋之西可能还会有很大的天地，这些地方不一定总是一派汪洋。再加上柏拉图留下的那个"大西岛"[①]的传说，更足以鼓励人把这种说法解释成一种预言了。第二也是最后和最重要的一点，很可能大多数这类预言，其实都是一种欺人之术，都是由一些穷极无聊的人在事后编造出来的。

---

① 柏拉图曾根据古代传说认为大西洋中有一文明古岛，后沉没于海中。

三十六 论野心

野心如同人体中的胆汁，是一种促人奋发行动的体液。①但是当它被阻挠而不能实现时,它就将成为一种使人变得恶毒的催化剂。因此，当怀有某种野心者感到事业有希望成功时,与其说他们是危险的人物,不如说是忙碌的人物。但是如果他们的抱负因受到压抑而心怀积愤时,他们就将使用那种"凶狠"目光看人了。这时他们将成为幸灾乐祸、好乱喜祸之人,只能从他人的挫折中感受愉快。应当巧妙地驾驭利用这种有野心的人。如果君主使用这种人,那是很危险的。他需要不断提升他们,以免让他们感到失望。否则他们就可能把自己与其所承担的事业一同毁掉。如果觉得这点很难做到,那就最好不要使用他们。但在有些情况下,却又不得不依靠这种人。

例如在战争中，必须挑选有将才者,这时就不能顾及他们是否怀有某种野心了,因为没有野心的武将就如同没有鞭策的

---

①希腊医学将人分为3种气质:胆汁质、多血质、粘液质。认为胆汁质者性格暴烈。

马,是不会奋勇向前的。

在政治上,野心家也很有用处。他们可以作为君王的屏障,也可以作为权力斗争的工具。所以提比留斯皇帝就曾任用有野心的麦克罗去颠覆他的政敌西亚诺斯。我们再来讨论一下对野心家的驾驭之术。

由于各种原因,许多不同类型的野心家的危险性也不尽相同。出身卑贱者比出身名门世家者危险小;直率粗鲁者比隐忍韬晦者危险小;暴发户比苦心经营者危害小。君主控制野心家可以采用分势的办法。例如宠用新的野心家来抗衡已有的野心家。但是这种办法只能在特定的情况下使用,就是朝廷中还有一批立场公正的大臣,能够超然于党争之上。这些大臣好比船上的镇舱之物,可以防止船只由于波涛太大而倾覆。

至于暗中设置某种监视和控制,使野心家时时感到压力的办法,也许能镇住性格比较怯懦者,但对性格强毅者,非但不能奏效,反而还可能会激生变乱。这种人,君主应该恩威并施,采用羁縻之术。

至于其他方面,那种专注于一种事业的野心比凡事都想占先的野心要好些;忙于事务的野心要比谋求人心的野心要好些,富于竞争精神挑选难题做的野心,对社会可能还会有某些益处。至于那种想把别人的一切都抹成零,只允许自己成为唯一数字的野心家,才是最狠毒最可怕的。

一个有心爬上高位的人,可能怀有三种动机:一、做有益于社会的事业；二、取得权势；三、取得富贵。怀有第一种抱负的人，是明哲的君子。能识别这种动机的君主，是伟大而贤明的。所以君主在选择廷臣的时候，应当重用那种把责任感看得比权位更重要的人，并且应该善于辨别远大济世的抱负与自私自利的野心。

三十七　论宫廷化装舞会

与本书其他论题相比，这个问题有一定的游戏性。但对于君主们来说，这种玩意儿却似乎不可缺少。因此，这就值得讨论一下，如何使宫廷舞会趣味高雅而又不至过于铺张。

歌舞应当是美妙的协作，这就要巧妙地配合音乐、歌唱和舞蹈。唱法应当庄重，而歌词应当高雅。采用轮唱与换唱的表演，就像唱颂赞美诗那样，应该是动人心弦的。至于舞法，应当讲究而不落套于庸俗，要感人但不要刻意哗众取宠。

在舞台布置上，应当优美而富于变化，最好有多彩的灯光。音乐和歌声要嘹亮高昂。就服装色彩来说，在烛光下，白色最醒目，其次是粉色和浅绿。表演者的衣服上可以装些金属饰片，它们闪耀华丽但又很廉价。至于舞蹈者的化装，则要兼顾他们在剧中的社会身份。演剧中的插曲不宜太长。用作调节的小节目可以诙谐一些，使用诸如小丑、林神、黑人、侏儒、傻子一类的角色，但是庄严的人物绝不能用作打趣的对象，比如让天使和小丑一起上场，就会显得不伦不类。丑恶可憎的事物如魔鬼，也不宜作为笑料。

音乐要轻松多变。演出者要注意男演员与女演员的合作。舞台要干净、整洁、气氛融洽。

至于比武竞赛一类的游乐，主要是要把开幕式和入场式搞得辉煌一些，例如可以使用狮子、熊、骆驼组成的车队，并且为他们装备盔甲、仪仗和饰物。这就够了，关于这些小玩意我讲得可能太细了。

三十八　论天性

　　人的天性虽然是隐而不露的，但却很难被压抑，更不可能被根绝。即使勉强施以压抑，也只会使它在压力消除后更加强烈。甚至道德和教育的力量也很难完全将它约束，只有长期养成的习惯才能多少改变一些人的天生气质和性格。

　　如果你想改变你的某种天性，那么你开始时制定的目标既不要太大也不要太小。目标太大会由于受到挫折而灰心；目标太小则会由于收效缓慢而泄气。在努力中不妨做些能鼓励自己情绪的事情，犹如初学游泳者借助漂筏一样。在取得成效以后，就要从严克制自己，就好比练功的人缚着重物走路一样；其实苦练比实用还难，但其效果却更好。如果某种天性太顽强，太难克服，那么可以考虑以下的办法：

　　一、要长时间严格地约束自己。比如每当你想生气时，就在心中暗诵26个字母以制怒。

　　二、一点一滴地逐渐做起。比如有人在戒酒时，会采用每天都比前一天少喝一点的办法，最后戒绝。

当然，如果一个人有毅力和决心，能断然强制自己彻底根除不良习性，那是最令人钦佩的——

"灵魂最自由的人，就是那种一举挣断锁链的人。"①

此外古人还认为，矫枉不妨过正，用相反的习惯来改造天性，收效也很不错。只是要注意，那另一极端最好不要是又一种不良习惯才好。

在建立某种好习惯的过程中，不宜过于紧张，以便有机会可以时时回顾一下努力中的成绩和失误。人不能过分相信可以完全克服一种天性。因为天性是狡猾的，它可以在你警惕时潜伏下来，当你放松时又偷偷溜回来。就像伊索寓言中那个猫一样，虽然变成一个女人，安安静静地坐在餐桌前，但当看到老鼠出现的时候，她就会情不自禁地扑上去。对于一个人来说，应该有自知之明地避免这种现原形的机会，或者干脆高度警惕地多用这种机会考验自己。

人在独处时要谨慎。只有在面对自我的时候，人的真性才最容易显露出来。因为那时他不必掩饰。在激动的情况下，也易于显露天性，因为激动使人忘记了自制。另外在脱离了所习惯的环境，而处于一种不适应的新境遇时，人的真性也可能显露出来。

有人的天性与他的职业要求相适合，这当然是很幸福的事。但是，那些能使自己做与其天性不相合的事业的人，则更需要

① 语出奥维德（前43~前18，罗马著名诗人）。

毅力。因为在这时,"我的灵魂与我的存在相分离"。①因此在治学方面,对于最难读的书,可以订一个时间表,强制自己按规定的时间和进度去读。当然,对于你所爱好的学科,就不必如此,因为思想会自然带着你向前跑的。天性好比种子,它既能长成鲜花,也可能长成毒草。人应当时时检查,以培养前者而拔除后者。

---

①直译为:"我与所憎者同在。"

三十九　论习惯

　　人的思考取决于动机,语言取决于学问和知识,而他们的行动,则多半取决于习惯。所以马基雅弗利说:人的性格和承诺都靠不住,靠得住的只有习惯。他举了一个例子(是一个邪恶的例子),如果要谋杀一个人,在挑选刺客时,找一个生性残忍或胆大妄为的人并不可靠,最可信任的还是那种手上曾经染过血的杀手。也许马基雅弗利忘记了刺杀亨利第三的克雷姆,刺杀亨利第四的瑞瓦雷克,以及行刺威廉公爵的约尔基和杰尔德都并非这种人。[①]但尽管如此,他的话还是有道理的。因为一切天性与诺言都不如习惯更有力。我们常听人说以后要做什么,或者不再做什么;而结果却是从前做些什么,后来依然在做什么。在这一点上,也许只有宗教的狂热力量才可与之相抵。除此之外,几乎一切都难以战胜习惯,以至一个人

　　[①]此处所说的几位刺客都是14~15世纪时人。克雷姆行刺法王亨利第三;瑞瓦雷克刺杀亨利第四;约尔基谋刺荷兰威廉公爵,未成功,后来公爵被杰尔德刺死。

尽可以诅咒、发誓、夸口、保证——到头来还是难以改变一种习惯。

如果说个人的习惯只是把一个人变成了机器,使他的生活完全由习惯所驱动。那么社会的习惯,就具有一种更可怕的力量。例如印度教徒为了遵守宗教的惯例,竟可安静地卧于柴堆之上,然后引火焚身,而他的妻子也心甘情愿地与他一起跳入火炕。古代的斯巴达青年,在习惯风俗的压力下,每年都要跪在神坛上承受笞刑,以锻炼其吃苦的耐力。我记得在伊丽莎白女王时代的初期,曾有一个被叛死罪的爱尔兰人,请求绞死他时用荆条而不用绳索——因为这是他们本族的习惯。在俄国有一种赎罪的习惯,据说是要人在凉水里成夜浸泡,直到被冰冻上为止。诸如此类的事例实在太多了,由此可见习惯对人的行为的控制力之大。

习惯真的是一种顽强而巨大的力量,它可以主宰人生。因此,人自幼就应该通过完美的教育,去建立一种良好的习惯。我们知道,幼年学习过的语言,常常是终生不忘的,这也是一种习惯。而在中年以后再学习一种新语言,常常就很困难了。在体育运动上也是如此。当然也有一些人,他们的性格仿佛是可以不断塑造的,因此可以在不断的学习中取得进步。但这种人毕竟太少了。

此外还必须考虑到,集体的习惯,其力量更大于个人的习惯。因此一个有良好道德风气的社会环境,是最有利于培养好的社会公民的。①在这方面,国家与政府只能是美德的培育者,而不是播种者。更何况,还有些政府连培育者也做不到呢!

---

① 这思想是借用毕达哥拉斯的名言。有人问应如何教育子女,他答:"让他在一个具有良好法制的社会中做一个好公民。"

四十　论幸运

不容否认，一些偶然因素常常会影响到一个人的命运——例如长相漂亮、机缘凑巧、某人的死亡，以及施展才能的机会等等；但另一方面，人的命运也往往是由人自己造成的。正如古代诗人所说："每个人都是自身的设计师。"

有时，一个人的愚蠢恰是另一个人的幸运，一方的错误刚好给另一方创造了机会，正如谚语所说："蛇若吞食其他蛇，就会变成巨龙。"炫耀于外表的才干固然令人称赞，而深藏不露的才干才能带来幸运，这需要一种难以言传的自制与自信。西班牙人把这种本领叫做"潜能"。一个人具有优良的素质，能在必要时发挥出来，从而推动幸运的车轮转动，这就叫"潜能"。

历史学家李维曾这样形容加图说："他的心智与体力都是那样健全。[1]因此无论他出身于什么样的家庭，都可以为自己开辟出一条道路。"——因为加图具有多方面的才能。这说明，

---

[1] 李维（前59~17），古罗马史学家，著有《罗马史》。加图（前234~前149），古罗马政治家。

只要对一个人进行深入观察，就可以发现他是否可以有望期待幸运的降临。因为幸运之神①虽然是盲目的，却并非无形的。

幸运的机会好像银河，他们作为个体是不显眼的，但作为整体却光辉灿烂。同样，一个人也可以通过不断做出微小的努力来达到幸福，也就是不断地增进美德。意大利人在评论一个真正聪明的人时，除了夸赞他具有的优点外，有时还会说他表面上带一点"傻"气。是的，有一点傻气，但并不是呆气，再没有比这更使人幸运的了。然而，一个民族至上或君主至上主义者将会是不幸的，因为他们总是把思考权交付给他人，而不会走自己的路了。

意外的幸运会使人冒失、狂妄，然而来之不易的幸运却使人成为英才。命运之神值得我们崇敬，至少这是为了她的两个女儿——一位叫自信，一位叫光荣，她们都是幸运的产物，前者诞生在自我心中，后者降生在他人的心目中。智者从不夸耀自己的成功，他们把光荣归功于"命运之赐"。——事实上，也只有伟大的人物才能得到命运的护佑。恺撒对暴风雨中的水手说："放心吧，有恺撒坐在你的船上！"而苏拉则不敢自称为"伟大"，只称自己为"幸运的"②。从历史可以看到，凡把成功完全归于自己的人，常常会有不幸的结局。例如，雅典人泰摩索斯③

---

①欧洲传说中的幸运女神，是蒙着双目飞行于人间的。
②苏拉，古罗马统帅、独裁者，自称"幸运的苏拉"。
③泰摩索斯，古罗马将领。

总把他的成就说成："这绝非幸运所赐。"结果他以后再没有一件事是顺利的。世间确有一些人，他们的幸运流畅得有如荷马[①]的诗句。例如普鲁塔克在把泰摩列昂的好运气与阿盖西劳斯和埃帕米农达的运气做比较时发现，[②]幸运的原因还取决于他们的性格。

　　[①]荷马(约前9~前8世纪)，古希腊最有名的诗人。著有《伊利亚特》、《奥德赛》。

　　[②]普鲁塔克，古希腊传记作家、散文家。代表作有《列传》。泰摩列昂(?~前337)，古希腊军人。阿盖西劳斯，公元4世纪时斯巴达国王。埃帕米农达，古希腊军人。

四十一　论贷款

　　关于高利贷,世人曾给予过无数的诅咒。有人这样讽刺高利贷者,他们说:人类收入的十分之一本来是应该奉献给上帝的,现在却被奉献给了魔鬼,这真是太可悲了。

　　又有人说,高利贷者简直是亵渎上帝之规,因为他们的算盘就连安息日也还在转动着。还有人说,高利贷者就是罗马诗人维吉尔所说的那种雄蜂,早应当从人类的蜂巢中被驱逐出去了。又有人说,高利贷违背了上帝对人类的第一戒律。因为上帝当年把人类之祖亚当、夏娃逐出天上乐园时曾立誓说:"你们只能以自己的血汗去换取面包。"

　　而高利贷者却是"以别人的血汗来换面包"的。还有人说高利贷者都是头戴黄帽子的人①,因为他们都把自己变成了犹太人。有人这样问:"人可以生人,但让钱生钱难道不会有悖天道?"如此等等。而我则认为,既然人性是恶的,那么高利贷的产生也不足为怪。谁愿意把自己的钱白白借给别人呢?既然有

---

①犹太人尚黄,指犹太人。

人对国家设立银行提出过良好的建议,那么对借贷和利息也不妨做一下理智的分析。

高利贷的坏处是:

第一,如果鼓励以放高利贷的方式赚钱,可能会使商业的发展受到不利影响。因为本来可以用作投资经商的资金,现在却被人们用作放债了。

第二,将给商人以投机取巧的机会。农民如果能坐享田租,就不会去种田。而商人如果只想着放债谋利,他也未必关心自己的生意了。

第三,商业不振的结果,势必会导致国家税源枯竭,从而影响国家的财政收入。

第四,高利贷的发展会使国家的经济两极分化,使财富由多数人手中积聚到少数债主手里。然而一个国家的兴旺和稳定是依赖于国民的普遍富裕的。

第五,高利贷的发展将会使土地贬值。因为高利贷者只会用钱吃钱,却不会购置田产。而负债者虽然想购置田产,手中却没有钱。

第六,高利贷将破坏社会中的一切工业、商业,并且会在某种程度上压抑从事技术发明、革新的动力,因为社会中的流动资金已不能用在这些事业上了。

最后的一点是,高利贷的繁荣必将导致社会的普遍贫困。由于少数债主的横征暴敛,将使大多数人走向破产。

但是高利贷也有对社会有利的方面。

第一，高利贷既能破坏商业，也可能发展商业。但前提是人们会把借来的资金投入到商业经营上去。

第二，高利贷的利息固然会吞食一些人们的财产，但总比他们在面临破产时仓促抵押或卖掉要好些。

第三，借钱而不付利息是不可能的，那么为了谋利益而借债于人，对急需钱者毕竟也还是一种帮助。

正因为放债对社会有利也有弊，所以一切国家都存在这门行业。只是他们的利率和方式有所不同。没有债务的国度充其量不过是地道的乌托邦罢了。

现在我们再来讨论一下怎样管理和改进贷款的方法。权衡以上分析的诸点利弊，我们认为，以下两点有调整的必要：

1. 一方面要将高利贷的利齿磨钝，使它咬人不要太厉害。

2. 另一方面又要广开渠道，使有钱者乐于把贷款借给商人，以便推动贸易事业的发展。但要注意，如果利率过低，那么贷款的人就会增多，商人就不容易从中赚到钱了。

同时我们又要注意，由于贸易有利可图，所以商人比较能承担高利率，一般人则不大负担得起。为此可以设置两类贷款，实行两种利率。一种是自由而公开的，另一种是受控制的，只在特定的地区和范围内实行。例如只借予有执照的商人。

具体地说，应当使普通利率控制在5%以下。这种贷款应当受到国家的保证，由政府自由贷款。这种贷款可以解决急需用钱者的困难。例如,它可以鼓励地价的上涨。因为土地和其他产业的年增益利率在6%左右,这种低利贷款,可以鼓励人们进行产业投资。而另一方面,假如产业的利润率高于5%以上,那么投资者就会乐于将资金投入到产业上而不是用来放债了。

第一,政府应当特许一些人,允许他们以高利率的借贷方式干大商业。但是,以下几点应予注意:这种利率的标准也要有限度,至少不要高于商业的最高利润率。此外,不应该允许银行或其他专设金融机构从事这种高利贷工作。这并非由于我对银行有偏见,而是因为银行业往往会施设骗局。对于那些被特许从事此项贷款者,国家应当为此设立一种征税制度。但税率又不要高过他们所得的利润。而且这些放贷者只应当集中和限制在几个重点商业城市中,以免受到别人的损害。

也许有人会对我的建议提出异议说:国家不应该把过去只能在暗中从事的放贷活动,变成合法的经营。那么我的回答是,公开承认和予以管理的办法,要比让它暗中发展却得不到约束好得多!

四十二　论青年与老年

　　一个年岁不大的人也可以是富于经验的人,假如他不曾虚度生活的话,然而这种少年老成毕竟是罕有的事。

　　一般说来,青年人富于"直觉",而老年人则善于"深思"。这两者在深刻性和正确性上有着显著的差别。

　　青年的特点是富于创造性,想像力也丰富而灵活。这似乎是得之于神助的。然而,热情炽烈且情绪敏感的人往往要在中年以后方成大器,恺撒和塞维拉斯①就是明显的例证。曾有人评论后一位说:"他曾度过一个荒谬的——甚至是疯狂的青春。"然而他后来却成为罗马皇帝中极杰出的一位。少年老成、性格稳健的人往往青春时代就可成大器,奥古斯都大帝、卡斯曼斯大公②、卡斯顿勋爵即是如此。另一方面,对于老人来说,保持住他的热情和活力则是难能可贵的。青年长于创造而短于思考,长于蛮干而短于讨论,长于革新而短于守成。老年人的经

---

① 塞维拉斯,古罗马皇帝,193~211 年在位。
② 卡斯曼斯大公,1570 年封多斯加纳大公。

验,可以引导他们熟悉旧事物,却蒙蔽他们忽视新情况;青年人敏锐果敢,但行事轻率却可能毁坏大局。

青年的性格如同不羁的野马,藐视既往,目空一切,好走极端。勇于革新却不去估量实际的条件和可能性,结果常因浮躁而失败,还会招致一些意外的麻烦。老年人则正相反。他们常常满足于困守已成之局,思考多于行动,议论多于决断。为了事后不后悔,宁肯事前不冒险。

因此,最好的办法就是把青年的特点与老年的特点在事业上结合起来。这样,他们各自的优点正好可以弥补对方的缺点。也就是所谓的取长补短,从发展的角度说,青年可以从老年身上学到许多他们所不具有的经验。而从社会的角度说,有经验的老人执事令人放心,而青年人的干劲则鼓舞人心。如果说,老人的经验是可贵的,那么青年人的纯真则是崇高的。

《圣经》说:"你们中的年轻人将见到天国,而你们中的老人则只能做梦。"有一位"拉比"(犹太牧师)解释这话说:上帝认为青年比老年更接近他,因为希望总比幻梦要切实一些。有人将世情比做酒,越浓越醉人——年龄越大,则在世故增长的同时愈会丧失正直纯真的感情。早熟的人往往凋谢得也早。不足为训的是如下三种人:第一种,是在智力上开发过早的人。小时了了,大未必佳。例如修辞学家赫摩格尼斯[①]就是如此。他少年时候就曾写出许多美妙的著作,但中年以后却成了白痴。

---

①赫摩格尼斯(161~180),古希腊哲学家。

第二种,是那种毕生不脱稚气的老顽童。

正如西塞罗所批评的赫腾修斯[①],他早已该成熟却一直幼稚。第三种,是志大才疏的人。年轻时抱负很大,晚年却无所作为。像西庇阿·阿非利卡[②]就是如此。所以历史学家李维批评他:"一生事业有始无终。"

[①] 西塞罗(前106~前43),古罗马政治家、雄辩家和哲学家。赫腾修斯,约与西塞罗同时代的人。

[②] 西庇阿·阿非利卡(前236~前184),古罗马名将。

四十三　论美

美德好比宝石,它在朴素背景的衬托下会显得更美丽。同样,一个打扮并不华贵却端庄严肃而具有美德者是会令人肃然起敬的。

美貌的人,未必同时具有内在的美。因而造物主似乎是吝啬的,他给了此就不再予彼。所以许多美男子徒有其表却不是真正的男子汉,他们过于追求形体之美而忽略了内心的修养。但这不是绝对论,因为奥古斯都、菲斯帕斯、菲力普王、爱德华四世、阿尔西巴底斯、伊斯梅尔等①,都既是大丈夫、又是美男子。就形貌而言,自然之美要胜于服饰之美。而优雅之举又胜于单纯仪容之美。最高境界的美是画家所无法表现的,因为它并非人力所能创造,那是一种纯粹而奇妙的美。曾经有两位画家——阿波雷斯和丢勒②滑稽地认为,可以按照几何比例,通过

---

①奥古斯都和菲斯帕斯都是古罗马著名皇帝。菲力普王,法国国王,1285~1314年在位。爱德华四世,英格兰国王,1461~1483年在位。阿尔西巴底斯,古希腊著名美男子。伊斯梅尔,波斯国王,1461~1483年在位。

②阿波雷斯,古希腊画家。丢勒(1471~1528),德国画家、雕刻家。

摄取不同人身上最美的特点,合成一张最完美的人体画像。其实像这样画出来的美人,恐怕只能表现画家本人的某种偏爱。美是很难制订规范的(正如同音乐一样),创造它的常常是机遇,而不是公式。有许多脸孔,就它的部分看并不优美,但作为整体却非常动人。

有些老人也会显得很可爱,因为他们的作风优雅而练达。有一句拉丁谚语说:"四季之美尽在晚秋。"尽管有的年轻人少年俊秀,却由于缺乏得体的举止和修养而难以得到赞美。

美犹如盛夏的水果,是容易腐败而不易保持的。世上有许多美人,她们有过放荡的青春,却因此而承受着懊悔的晚年。所以,美应该是形貌与德行的结合。这样,美才会放射出灿烂的光辉。

四十四　论残疾

有残疾者往往对造物主怀有不平之心。因为一切对他们似乎太苛刻。所以,残疾者大都缺乏自然的感情——这也正是他们对造物主的一种报复。

肉体与精神的关系,其实有一种平衡。在一方面受损害,另一方面就也会有反映。但是,精神境界属于自我,是可以选择和控制的,不像生理、肉体的结构,只能受之于自然。所以只要人心中有明亮的太阳,它的光明就可以驱走那些决定脾气的星辰。所以,残疾并不是性格的标记,而只是导致某些性格的原因。身体有缺陷者往往很自卑,怕遭到别人的轻蔑——但这种自卑也可以是一种奋勇向上的激励。所以某些有残疾的人往往比一般人更勇敢,这种勇敢起初只是一种自卫,日久天长就会形成一种习惯。他们常常是乐于勤奋自强的,也往往乐于在成功中发现别人的缺点,以从中感受心理上的慰藉和平衡。

残疾人的成功不易招致嫉妒,因为他们有缺陷,人们乐于宽忍他们的成功。这也常使一些潜在的对手忽视了他们的竞争和挑战。所以对于一种强有力的精神和品格，身体残疾恰恰可以转化为一种优势和动力。

　　古代的君主(现代有些国王也如此)，往往愿意宠信那些有残疾的宦官，因为他们对天下人都怀有妒恨之心，以致他们更乐于做专制君主的助手。但是君主只是利用他们作为耳目，而并非作为股肱。

　　综上所说，所有的讨论都指出，残疾者需要自我证实。如果他们的灵魂足够坚强，就一定能把自己从卑贱的地位中解放出来，以消除世人对他们生理缺陷的怜悯和轻视。至于解放的途径，如果不是来自美德，就必定是采用邪术。因此残疾人常常分化为两个极端——一类人是人类中最伟大的人物，而另一类则是最不堪的宵小之徒。就前者来说，例如斯巴达那勇敢的跛腿王阿盖西劳斯，驼而丑的文学家伊索，相貌奇丑的哲学家苏格拉底等，都是很好的例子。

四十五　论建筑

　　建造房屋是为了居住，而不是为了供人观赏。所以建筑的首要原则是实用，其次才是美观。当然，二者能兼顾更好。但如果单纯为了追求美观，那么，还是把建造这种魔宫的权利留给诗人吧。因为诗人们建造的魔宫不需要花钱，只需运用想象就能描绘构造出富丽堂皇的宫殿。在环境恶劣的地点盖房，无异于为自己造一所牢狱。所以建筑基址的选择是非常重要的。应该考虑到环境中的各种因素，例如土壤和气候，空气和水源，季风、海洋和河流，与市镇的距离，以及散步和游猎、放鹰之地等等。最好应当考虑《伊索寓言》中评论之神摩纳斯的告诫——给房子装上轮子，为的是能够逃开坏的邻居。①避免离大城市过远或者过近，房子太孤立或地域太狭小，将来难以扩建等因素，所有这些事，都应当在动工之前予以考虑，然后择善而从。如果有条件，最好同时建筑几所不同用途的房屋，使一座房屋

---

　　①《伊索寓言》中有一则故事云：智慧女神阿底娜造屋，批评之神摩纳斯认为不好，因为房子下面无轮子，不能迁移以躲避坏邻居。

所欠缺的,在另一座房屋的条件中补足。所以当庞培拜访卢克莱修的住宅时,曾评价他的房子说:"这真是一处避暑的好地方,但是你到冬天怎么办?"卢克莱修说:"鸟类尚且知道在冬天到来之前迁向新居,难道我们还没有它们聪明吗?"

记得西塞罗曾写过一本《论演说》,后来又写了一本《演说家》。在《论演说》中他讲述了演说的原理,而在后一本书中则讲述演说的实践。我们也需要有一个简单的模型来描述一座理想的建筑。今日欧洲,虽不乏梵蒂冈和西班牙王宫那样的雄伟建筑,却很难找到一处堪称典范的优良住宅,这种情形真令人惊异。

所以我认为,一座完美的宫室首先应该具有多种功能。既应该有豪华的正厅,以供举行庆典和宴会;还应该有小巧玲珑的侧室;宴会厅中正厅的高度,应当达到40尺,正厅周围应当配备化妆室等附属建筑。室内还应当按照冬天和夏天的不同需要设置两处小客厅,但这两间屋子占地面积不必太大。在建筑的底层,应当有一个地窖以供储藏。建筑中应当有厨房、食具室等。作为正面的主楼,我以为至少应当比侧部的副楼高出两层,而每层的高度应达到18尺。楼顶上应该覆盖优质的铝皮,并且装饰以浮雕。全楼可以根据不同需要分成若干厅室,楼梯应该建筑在中轴线上,并且用古铜色的雕木加以环绕。楼梯顶部的装饰应当很讲究。楼梯的下部绝不适宜设置餐厅,否则炊气会顺着楼梯一直升到楼上。第一层楼梯的高度应该达到16尺,而这也就是楼下屋子的高度。

　　房屋的前部应当布置一个美丽的庭院。再盖一些房子从三面将其包围。而这些房子应该比正面的建筑低一些。庭院的四角可以建几座角楼,配以精致的楼廊,角楼的高度应当和周围那些房子的高度相称。除了行走的小径,院中不宜铺砖石,而应当栽种一片草坪。草长起来之后应当随时剪修,但是不宜剪得太短。建筑顶部应当有三五个精美的小圆顶阁,安设在距离相等的地点。还应当镶以精美的、图案各异的彩绘玻璃窗。为了避免阳光的直射,不妨装一些百叶窗。

　　在正面的院子后面,还可以建一个内庭。这个内庭的四周都布置成花园,院子的四边不再建走廊,只造一些匀称而美观的拱门就可以了。临近花园的一面,屋子的窗牖,都要开向花园,并要适当高一些,以防潮气。在这个庭院中还应该建有喷泉和雕像。院中房屋在两边的厢房可以作为寝室,而在两端者则可以作为私人的密室。除此之外还可设置一套供有病时休养的病室。房子的内外都应尽可能布置得精致讲究。整所房屋都应当设计和安装上隐蔽的排水设备。在通向这座建筑的路上,有必要建三个园子。第一个是朴素的、绿草如茵的园子;第二个不妨稍加装饰,点缀几个小角楼;而第三个庭院,即和建筑的主楼相邻接的那一个,要装修得讲究些,并且建造几个美观的露台和回廊。这种长廊只建柱子,柱与柱之间不可有墙。至于办公的房子,要建在稍远处,可以通过走廊与宫室连接在一起。

四十六　论园艺

全能的造物主是园艺的创始者。庭院雅趣，是人类最高尚的娱乐之一；种植花木，是陶冶性情的最好方式。如果没有园林，即便高墙深院，雕梁画栋，也只见人工雕琢，而不见天然的情趣。

文明的起点，始于城堡的兴建。而更高一级的文明，必然伴随着优美的园林出现。

我认为在园林艺术中，一定要种植随时令开放的花草，使四季都有美丽的鲜花。其中必须有四季常青的植物——冬青、忍冬、常春藤、月挂、松柏、长春花，还有各种果木——桔、柠檬、香橙等等。在1~2月，要适时栽种核桃，还有水仙、郁金香与白头翁。3月要种紫罗兰、小雏菊、桃李和玫瑰。4月栽种樱草、百合、迷竹香、牡丹、康乃馨、樱桃花、梅和丁香。5~6月种石竹，各种玫瑰，草莓、无花果、覆盆子和百合草。7月种芸香、早梨和苹果、桃子。10~11月采收枸杞、西洋李和橡子。不过，我这只是就伦敦的气候而说的。应该做到因地制宜，才会使你的园林四季常春。

　　当阵阵轻风吹过花丛，送来阵阵浓郁的芬芳，这种美妙的感觉，正如天上的仙乐飘飘。所以欣赏花草比采摘花朵更令人心旷神怡。为此就必须了解各种花朵不同的香性。浅红和深红的月季，香味不易发散，月桂也是一样。所以即使你去嗅它，也感觉不到香味，香薄荷的花也是如此。最香的花是紫罗兰。尤其是白色双瓣的那种，它每年开花两次，一次在4月，一次在8月。其次是香蔷薇。还有杨梅在叶子枯萎的时候，也会发散出宜人的香气。有些藤类，诸如葡萄花也很好闻。此外还有紫罗兰属的花，以及菩提花和忍冬草。豆类的花，虽然更适合种在田野，但它们也有淡淡的香气。

　　花园的面积，不应当小于30英亩。并且可以分为3个区域：入口是草坪区，接着是灌木林区，最后才是花圃。园中应当辟出行走的小道。我设计的草坪面积占4英亩，灌木区6英亩，园圃12英亩，其他地面4英亩。草坪同样可以使人赏心悦目。它应当经常修剪整齐，中间开出一条散步的小径通向花园。路的上面，可以架起木棚，以免夏日的曝晒。花园中是否应该修建花坛呢？这一点我认为并不那么重要。花园的主园最好采用正方形，四面环以篱垣。篱垣上可以修建精致的木制拱门。拱门上不妨再装修一些美丽的饰物——如五颜六色的玻璃。

　　围墙内土地的布置，每个人都可以独出心裁。我的意见不过只是参考。但不管怎样设计，最好不要过于雕琢。园的中央

163

可以建一座小山，高度在30尺左右即可。园中还应备几间休息的客房。至于园中的喷池，更要特别精心设计。以下一点尤其要注意，就是水塘容易寄生蚊蝇。

我认为喷泉的设计可以考虑如下两种：一种是喷池，一种是石砌的清池。在第一种池中，可以饰以现在很流行的那种铜像。水应当是活水，以免日久腐臭。后一种水池，池底可以用石块砌出精美的图案。但切记不要用来养鱼，也不要有泥沙。最重要的是水必须是活水。

至于喷泉的形式和喷水的样式，那是无关大局的。

对灌木林区的设计也不能忽视。我认为风格不妨粗犷。我不主张多种大树，最好多栽丛林。里面还可以种野藤和有香花的灌木。形态要自然多样。地面不妨略有起伏。但是这里的植物也要经常修整，不要任其自然生长。至于园中的空地，可以作为小路。要幽静、可以遮阳，并且还应当避风，以利于主人散步。路上可以铺些细石，但不要任其自生杂草，以免晨露湿人鞋袜。沿路边可栽种些果树。还可以沿途堆几座假山，使来访的客人能俯瞰全园和田野。

园中应当有一两条精致的道路。沿路也要栽上好看的花树，并且使树枝遮挡成荫。修几座凉亭是必要的，可以供人行走参观时小坐。园中的设计不要过于堵塞，要让空气的流通畅通无阻。

我认为不应该在花园中开辟养鸟区。而且园林中最忌讳鸟粪遍地,污秽袭人。

以上就是我认为比较理想的园林设计。这些论述有的出于我的想象,有些出于我的规划,不可能完美无缺,而只是一个大致的轮廓。

建造这样一座园林是费钱的,但对于贵族来说这点开销并不算大。以往他们只是听取一些工匠的意见,花了同样的费用,却没有收到一个理想的整体效果。虽富贵却庸俗,这恰恰是园林艺术的大忌。

四十七　论谈判

关于谈判，口头谈比书面谈效果要好。而由中间人出面比直接谈效果更好。但是假如想得到一份书面凭据，或者为了慎重和全面地表达或了解双方的意向，那么使用书信或公文往返也是可取的。口头会谈有好处，但当面谈难免要顾忌情面（特别是存在上下关系时）。不过当面谈还可通过对方的表情观察到某些微妙的事情。同时，也有利于开诚布公地做出解释。假如委托中间人进行谈判，那么必须慎重选择所信托的人。千万不要任用那种暗怀私欲的狡猾人。与其用这种人倒不如用一个老实人。选择办事人时要做到因材施用。你可以任用有勇气的人去争论，用会说话的人去劝导，用机警的人去探询观察对方的意向，而鸡鸣狗盗之徒，则可以去办那种需要做手脚的事情。对于过去已被证明办事成效高的幸运儿，自当重用。这种人不仅有自信，而且将会努力做得更好，以便保持自己过去拥有的荣耀。

在谈判中，开门见山地提出问题不如迂回地探测一下对方的意向。当然，如果作为一种使对方措手不及的手段，开门见山也许更好一些。对自满自足的谈判对象，应当设法煽起他的欲火。在谈判已经订下双方执行协议的条件后，就应当把注意的重点放在由谁先来履行的条件上。这时，要设法牵制住对手，或至少使他相信你的承诺是可靠的，否则他是不会同意先承担义务的。

  一切谈判的根本问题，无非是观察对手或利用对手。而人在一些情况下，往往会情不自禁地流露真情，即当他们感到对方是可信任之时，或激动之时，或放松戒备之心时，或有所求之时。应当准确分析对手的心理，以便牵制之，或利用劝导之，或威慑之，以达到最终的目的。在面对富有经验的老手时，应当洞悉他的真正用心，并通过这一点去分析和判断他的言论。与这种对手打交道，少说话比多说话要好。而说出的话应当出乎对方的意料。在谈判遇到困难时，不要急于求成，希望播种之后立刻就会有所收获。应该耐心等待时机，以便采撷到成熟的果实。

四十八　论仆侍

仆侍过多弊大于利,就像鸟的尾巴过长就难以高飞一样。

何况仆侍多则开销大,而且他们的需要也会增多。有些仆人狐假虎威,这就难免会给主人惹麻烦。有的仆人喜爱吹牛,善于泄露机密,成事不足败事有余。

另有一种阴险的仆人,他们专喜窥探主人的隐私,在必要时加以利用。但这种人有时反而更易得到宠信,因为他们往往善于逢迎。

使用侍从的人数应当和主人的身份相适宜。对侍从不可过于纵容,要通过教育提高他们的品德和素质。在一般情况下,平庸者要比有才者更可靠。而在某些特殊情况下,有才者又会比有德者可用。对某些人过于优宠,只会使他们变得骄纵,并且使另一些人产生怨恨。因为他们既然资格相同,所以总希望得到平等的待遇。

但如果处理得当,就可以以同等标准选拔才俊。这既能使被选拔者有知遇之感,又可以使其他人更加奉承。

对于任何侍从,开始都不应给予厚待。否则以后你就难以再作奖励。偏听偏信是误事的,因此不要轻易相信告密者。也不要被众意所胁迫,这将使侍从认为你软弱无能。人间的真友情是少见的,在同辈之间更少,因为同辈之间难免会暗怀嫉妒。但主仆的友情就不同,尤其当他们的利益荣辱相一致时更是如此。

四十九　论律师

　　为人打官司是伤天害理之事。虽然律师有时也可以主持正义。但律师承包案件绝非出于对你的同情,而只是为了从你的官司中谋利。

　　有的人表示愿意出力帮助你,实际上却是别有用心。例如从你的案子中坐收渔人之利。当他自己的目的一旦达到,就会弃你于不顾了。

　　还有人之所以承包一件案子,正是为了使这个案子失败。他可能正是被你的对手所收买的。

　　如果由于感情的关系,律师不得不站在有罪一方的立场时,他还不如劝两方和解,而不应当去诬陷诋毁那有理的一方。

　　遇到不清楚的案情,不如多做些调查。当然要谨慎选择调查对象,以免被愚弄。律师最恨的就是被委托人所欺骗。所以如果发现委托人不可信,一开始就应该严词地拒绝受理。假如你已接受了代办,那开始就要向托付人实事求是地说明胜诉的可能性,而不要做出不切实际的虚夸,更不要为谋求高报酬而不择手段。

这种正直是作为一名好律师应该具备的。

对取胜的策略应当保留。不要使当事人产生盲目的乐观。在某些情况下,也可以采用激将法,获取当事人更积极的合作。

选择律师时,与其根据名望,不如根据实际;与其选择一知半解者,不如选择专家。如果初次要求被拒绝了,那么不要沮丧地讲绝情话,至少应该为以后留下台阶。

与其一次就索取高额酬金,不如分几次提出要求。爱管闲事的人最愿意轻易出头作证,然而一旦证据不充分就会赔上律师的名誉。因此最不可信托的人,无过于这种无事生非之辈。

五十　论读书

读书可以作为消遣,可以增添情趣,也可以增长才识。

孤独寂寞时,阅读可以消遣;高谈阔论时,书籍可增添情趣;处世行事时,知识意味着才干。懂得事务因果的人是幸运的。有实际经验的人虽能够处理个别事务,但若要综观整体,运筹全局,却唯有学识文士方能办到。

读书太慢会懒惰,为装潢而读书是欺人,完全按照书本做事就是呆子。

求知可以改进人性,而经验又可以改进知识本身。人的天性犹如野生的花草,求知学习好比修剪移栽。学问虽能指引方向,但往往流于浅泛,必须依靠经验才能扎下根基。

狡诈者轻鄙学问,愚鲁者羡慕学问,聪明者则运用学问。知识本身并没有告诉人们怎样运用它,运用的智慧在于书本之外。这是一种技艺,不体验就学不到。

读书的目的是为了认识事物的原理。为挑剔辩驳去读书是无聊的,但也不可过于迷信书本。求知的目的不是为了吹嘘炫耀,而应该是为了寻找真理,启迪智慧。

书籍好比食品。有些只须浅尝,有些可以吞咽,只有少数需要仔细咀嚼,慢慢品味。所以,有的书只需读其中一部分,有的书只知其梗概即可,而对于少数好书,则应当通读、细读,反复读。

有的书可以请人代读,然后看他的笔记摘要就行了。但这只应限于不太重要的和质量粗劣的书。否则一本书将像被蒸馏过的水一样,变得淡而无味了。

读书使人充实,讨论使人机敏,写作则能使人严谨。

因此,如果有人不读书又想冒充博学多知,他就必须很狡黠,才能掩人耳目;如果一个人懒于动笔,他的记忆力就必须强而可靠;如果一个人要只身探索,他的头脑就必须格外清晰锐利。

读史书使人明智,读诗集使人聪慧,数学使人精确,物理学使人深刻,伦理学使人高尚,逻辑修辞使人善辩。总之,"知识能塑造人的性格"。

不仅如此,精神上的各种缺陷,都可以通过求知来弥补——正如身体上的缺陷,可以通过适当的运动来改善一样。例如打球有利于腰背,射箭可扩胸利肺,散步则有助于消化,骑术使人反应敏捷,等等。同样的道理,一个思维不集中的人,他可以研习数学,因为数学稍不仔细就会出错;缺乏分析判断力的人,可以研习哲学,因为这门学问最讲究细琐的辩证;不善于推理的人,可以研习法律案例,如此等等。这种种心灵上的缺陷,都可以通过学习而得到改善。

五十一　论党派

许多人错误地认为，治国之道就在于平衡对立党派之间的利益关系。实际上正相反，政治的艺术是超越各党派的私利，从而促进大家为共同利益而努力。

只有地位低的人才有必要结党派，以便形成政治的力量；而地位高的人最好能超越党争，保持中立。初入政治场中的人，最好持温和的态度，沟通各党的关系，以取得大部分人的拥护。往往力量小人数少的党团，内聚力更加坚强，不会很容易地被打散。所以我们常见到小党打败大党。一个党团的外部对手被打倒后，它自己内部却有可能陷入纷争而导致分裂。例如庞培和恺撒曾联手对抗罗马元老院。但当打垮了元老院的政敌后，他们两人却兵戎相见了。安东尼和奥古斯都曾联手抗击布鲁图斯。但等到布鲁图斯一派被打倒后，他们两人也因争夺政权而决裂了。在政治中往往如此。因此许多政治人物的作用需要在与敌人的斗争中显现。敌人一旦不存在了，他们也就失去了政治上存在的意义。

当两党相持之际,叛徒在对手一方最易得到重用。因为他们的抽出和加入使力量平衡的局面被打破了。所谓中立于党争的人,其实就是想利用两党之争和自己这种貌似中立的地位,从而谋取政治上最大的好处。君主不宜介入这种情况下的党争,党中人会认为,"君主也只不过是我们其中的一员而已"。而且党争必然是不利于王权的。

忠于党派的人是不会忠君的;所以历史上党争激烈之时,往往是王权衰落的象征。君主控制党派应当像星系一样,不要使党派行星的自转,逸出王权控制中心的轨道。

五十二　论礼貌

只有内在品格很高的人,才可以不计较小节。犹如没有衬景的宝石,必须自身珍贵才会蒙受世人重爱一样。

深入观察人生会看出,获得赞扬之道犹如经商致富之路,正像一句俗话所说:"薄利才能多销。"同样,小节上的一丝不苟常可赢得别人很高的评价。因为小节更易引人注意,而施展大才的机会却如同节日般稀少,并非每天都有。因此,举止彬彬有礼的人,一定能赢得好的名誉。这正如西班牙的伊丽莎白女王所说,"礼节乃是一封通行四方的推荐书"。

其实要使自己的举止优美得体,只要做到细心就可以了。因为人只要不疏忽,他就自然会乐于观察和模仿别人的优点。自然大方的礼节才显得高贵。假如在表现上过于做作,那就失去了它应有的价值。因为优雅的举止本身就包括自然和纯真。有的人举止言谈好像在作曲,其中的每一个音节都仔细推敲过。但这种明察秋毫的人,却可能得不到别人的认同。也有人举止粗放不拘礼仪,这种不自重的结果会导致别人也放弃对他的尊重。

　　礼仪是微妙的东西。它既是人类间交际所不可缺少的,却又是不可过于计较的。如果把礼仪形式看得高于一切,就会失去人与人真诚的信任。因此在语言交际中要善于找到一种分寸,使之表达起来既直爽又不失礼节。这是最难得也是最好的。

　　要注意——在亲密的同伴之间应保持矜持以免被认为轻浮。在地位较低的下属面前却不妨显得亲密些会备受敬重。事事都伸头的人是自轻自贱并惹人厌嫌的。好心助人时要让人感到这种帮助是出自对他的爱护,而并非你天生多情乐施。表示一种赞同的时候,不要忘记先提出先决条件——以表明这种赞同并非阿谀而是经过思考的。即使对很能干的人,也不可过于恭维,否则难免会被你的嫉妒者看作是在拍马屁。在面临大事之际,不要过于计较形式。否则将如所罗门所说的:"看风者无法播种,看云者不得收获。"只有愚者才会等待机会,而智者则造就机会。总而言之,礼貌举止正好比人的穿衣方式——既不可太宽也不可太紧,要讲究而有余地,随便而不失大体,如此行动才能自如。

五十三　论称赞

能否获得称赞或获得多少称赞,常被认作是衡量一个人才华、品德的标准。其实这正如镜子里的幻象。由于这种种称誉来自庸众,因而常常是虚伪的,未必会反映其真正的价值。因为庸人是难以理解真正伟大崇高的美德的。

最廉价的品德最容易受到称颂。稍高一点的德行也能引起人们的惊叹。但正是对于那种最上乘的伟德,人们却是最缺乏识别力的。

因此人们常常受到欺骗,宁肯把称赞赠予伪善。名誉犹如江河,它所漂起的常是轻浮之物。有价值的称赞应该来自真知灼见之士。这种称赞正如《圣经》所说"名誉强如美好的膏油,死后超过生前"。只有它才能荡漾四方并且留香持久。

不要轻易相信别人对你的称颂,因为许多赞扬的出发点是虚伪的。

假如称颂你的人只是一个平庸的献谀者,那么他们对你所说的不过就是他常对任何人所说的一番套话。

但假如这是一个高超的献谄者,那么他必定会使用最好的献谄术,即恭维一个人心中最为自鸣得意的事情。

而假如献谄者的胆量更大一点儿,他甚至敢公然称颂你内心中深以为耻的弱点,把你的最大弱点说成是最大的优点,最大的愚笨说成是最高的智慧,以"麻木你的知觉"。也有一种称赞是助人成善的,这就是所谓的"鼓励性的称赞"。许多贤臣曾以此术暗示他们的君主。当称颂某人怎样时,其实他们是在暗中指点他应当怎样。

有些称赞比咒骂还恶毒,就是那种煽动别人嫉恨你的称赞。此即古谚所谓:"最狠的敌人就是正在称颂你的人"。希腊人说:"谨防鼻上有疮却被恭维为美。"犹如我们俗话所说的"舌上生疮,因为说谎"一样。

不过即使好心的称赞,也必须恰如其分。所罗门曾说:"每日早晨,大夸你的朋友,其实是在诅咒他。"要知道对好事的称颂如果过于夸大,也会招致人们的反感、轻蔑和嫉妒。

至于一个人自称自赞——除了罕见的特例以外,效果更是会适得其反。人唯一可以自我夸耀的只有职责。因为承担重大的职责是有权自豪的。罗马那些夸夸其谈的哲学家和大主教们,非常看不起那些从事实际事务的军人和政治家们,称他们为"世俗之辈"。其实这些"世俗之辈"所承担的职责远比他们那套深奥的言谈,对于人类来说要有用得多。因此《圣经》中的圣保罗在自夸时常先说一句"容我说句大话",而在谈到他的使命时,却自豪地说:"这乃是我应尽的职责!"

五十四　论虚荣

"大家看，我扬起了多少灰尘啊！"那只苍蝇伏在大车的轮子上神气地自我吹嘘说。——伊索寓言中的这个故事真是妙极了。世上有多少蠢人，正如这只苍蝇一样，为了得到一点虚荣，而把别人的功劳冒认成是自己的。

自夸必然会引起竞争，因为一切自夸都要借助于他人的短处做比较。这种人也必然好吹嘘，因为只有吹嘘才能满足他们的虚荣心。因此好吹嘘者必不能保守机密。这种人正如一句法国谚语所说，"叫得很响，做得很少"，在事业上是绝不可信用的。

但是在政治中这类人倒可能受到重用。当需要制造一种虚假声望时，他们是很好的吹鼓手。此外，正如李维曾指出的，政治上有时需要谎言。比如在外交中，在两个君主之间同时夸耀某一敌对者的实力，可以促使他们结成联盟。又如有人对两个互不知底细者吹嘘自己对另一方的影响力，结果巧妙地把自己的地位抬高了。在这些事例中，这种人几乎可以说是轻易地造就了时势,仅凭借谎言和吹嘘就获得了力量。

对于军人来说,荣誉心是必不可少的,正如钢铁因磨砺而锋利一样,荣誉感可以激发斗志。在冒险的事业中,豪言壮语也可以增加胆量,审慎持重之言反而会使人泄气,它们是压舱铁而不是船帆,应当被藏于舱底。甚至严肃的学术事业,如果不插上夸耀的翅膀,名望也很难飞腾起来。所以,就连写《蔑视虚荣》之书者,也把自己的名字题在了书皮上。

古代贤哲如苏格拉底、亚里士多德、盖伦等,也都是有夸耀之心的人。虚荣心乃是人生事业的推动力之一。因此以德行本身为目的者,绝没有以德行为猎名之手段者更能获得荣誉。西塞罗、塞涅卡、小普利尼[①]的事业多少都与他们的虚荣心有关联,所以他们的努力持久而不懈。虚荣心有如油漆,它不仅可以使物体显得更加华丽而且还能保护物体本身。

还有人具有一种巧妙的能力,能够使夸耀和虚荣心被掩饰得非常自然,犹如塔西佗所说的莫西——"他如此善于巧妙地显示自己",以致使人认为这并非出自虚荣,而是出自他的豪爽和明智。

其实一切表现恰当的谦虚、礼让和节制,都可以成为更巧妙的求名自炫之术。假使你有一种专擅的特长,那么你就不妨慷慨地称赞那些并不如你的拥有这种技能的其他人。对于这种作法,小普利尼说得好:"你既是夸奖别人,又是夸奖自己。

[①] 西塞罗、塞涅卡、小普利尼,三者均为古罗马著名作家。

如果他的这种优点不如你,那么既然他值得夸奖,你当然就更值得夸奖。如果他的这种优点强过你,他不值得夸奖,你就更不值得夸奖了。"结论是:尽管你胜过他,你还是要夸奖他。但归根结底,自夸自赏都是明智者所避免的,却是愚蠢者所追求的,也是谄媚者所奉献的。而这些人都是受虚荣心支配的奴隶。

五十五　论荣誉

　　人的荣誉应当与人的价值相称。如果荣誉大于价值，就不会使人服气。反之，如果内在价值大于荣誉，就很难被人认可。

　　当一个人完成了别人从未尝试过的事业，或者虽曾有人尝试，但失败了的事业，那么他所获得的荣誉，将远远高于追随别人而做的事业——哪怕后者更难。

　　假如一个人的所作所为有利于社会中的各种阶层和团体，那么他得到的荣誉就会更大。

　　有些人在荣誉问题上常常会得不偿失，因为他不善于珍惜自己的名声。如果能成功做完别人都尝试而失败过的事，那么他的尊名将会像多面的钻石，焕发出最耀眼的光彩。所以，在荣誉的追求上，有竞争的对手反而更好。聪明的侍从有助于扩散荣誉。西塞罗说过：光荣出自家中。嫉妒是蚕食荣誉的害虫，所以要设法征服它。为此就应当使人相信，你所追求的目的不在荣誉而在事业，你的成功得之于幸运而并非由于你的优异。

　　君主的荣誉可以按如下等级排列：第一等是那些创建国家

的人，如罗慕洛(罗马建城者)、塞拉斯(波斯建国者)、恺撒、奥特曼(奥特曼帝国建立者1259~1329)、伊斯梅尔(伊斯兰帝国建立者)。

第二等是那些立法者，即国家制度的创设者。如莱卡斯(斯巴达立法者)、梭伦(雅典立法者)、查士丁尼(东罗马皇帝)、爱德加(英国国王，立法者)、卡斯提(西班牙王，立法者)。

第三等是那些解放者。他们或者结束了内战，或者把民族从异族的奴役中拯救出来。如奥古斯都、菲斯帕斯、奥兰斯(罗马皇帝)、英格兰王亨利七世、法兰西王亨利四世等。

五十六　论法律

　　司法者应当认识到，他们的职责是司法而不是立法。也就是说，只是解释和实施法律，而绝不是制订或更改法律。否则，法律本身就形同虚设。这一点，可以借鉴罗马天主教会的经验。试看罗马天主教的僧侣们是怎样假借《圣经》的名义，根据他们的需要随意加以解释或杜撰，用以满足自身私欲的吧！

　　对于法官来说，学识比机敏更重要，谨慎比自信更重要。摩西的戒律说："私迁界石者必受诅咒。"而篡改法律的人，其罪行比私迁界石者更严重。应当懂得，一次不公正的裁判，其带来的恶果甚至超过10次犯罪。因为犯罪虽然冒犯了法律——好比污染了水流，而不公正的审判，则是毁坏法律——好比污染了水源。正如所罗门所说：谁若使善恶是非颠倒，其罪恶犹如在庐井和饮泉中下毒。

　　以下我们就来分别讨论一下司法与诉讼、律师、警吏以及君主和国家的关系问题。

　　第一，关于诉讼人。《圣经》上曾说："诉讼是一枚苦果。"而拖延不决的诉讼更给这枚苦果增添了酸涩的味道。法庭和法官的主要使命,就是审判人间的暴行与欺诈。明目张胆的暴行固然是凶恶的,而精心谋划的欺诈,其隐患也绝不亚于暴行。至于那种无事生非的诉讼,就应当排除之而避免法律受它们所干扰。法官应当为做出公平的裁判准备一切必要的条件,犹如上帝为人类所做的那样:削平山岗、填满崎岖,以铺平一条正直的道路。[1]

面对一方当事人有势力的案件,法官不应向任何压力屈服,也不可被任何诡辩、阴谋所迷惑。更不应滥用威权,依靠压力逼供诱供,否则必出冤案,正如"擤鼻过猛会流血"[2]。在处理刑事案件时,法官尤其不应该把法律作为虐待被告的刑具,应该懂得,制订法律的目的仅仅在于惩戒。要知道,世间的一切苦难之中,最大的莫过于枉法。

执法也不可过苛。不能把法律变成使人民动辄得咎的罗网[3]。在审判时,法官不仅应当考虑事实,还应分析与事实相关连的背景和环境。对已过时的严刑酷法,要坚决限制。"注意情节,也应当权衡情理,这同样是法官的职责。"特别是在审理人命攸关的案件时,在考虑法律正义的同时也应当有慈悲救人之心。做到以无情的目光论事,以慈悲的目光看人。

---

[1] 参看《圣经·以赛亚书》第40章第4节。
[2] 《旧约·诗篇》第11篇6节有言:"他要在恶人的头顶上铺开罗网。"
[3] 《圣经·马太福音》第7章第16节。

第二,关于律师与辩护的问题。耐心听取辩护是法官的重要责任之一。法官在审判中,随意打断或否定律师的辩护,或者预先讲出律师可能做出的辩护以显示自己的明察,或者在听取调查和辩护之前就抱有如何判决的成见,是不利于保证司法正义性的。

法官在审判中,有四项分内的职责:

(1)调查证据;

(2)主持庭审时的发言,制止与审判无关的话题;

(3)宣示审判所根据的原则,总结案情;

(4)根据法律宣判。

如果超越这四件事之外,那就做得过度了。作为法官,如果缺乏听取证词和辩护的耐心,或记忆力、注意力不集中,就不能做出公平的裁决。但是法官也应当知道,他所坐的位置也就是上帝的位置。所以他应当像上帝一样扶助弱小、压制强暴。法官与律师的关系不可过密,否则就难免会有不公正的嫌疑。对于正直而主持公道的律师,法官应当表示赞许,而对于歪曲事实真相的律师,则应当给予批驳。

第三,关于法庭的警吏。法律的神圣性,不仅体现于司法者身上,而且也体现于执法者的身上。《圣经》上讲,"从荆棘丛中采不得葡萄"[1]。同样,如果法官都被贪赃枉法的警吏所围绕,那么从这里绝不可能得到公正的结果。法庭中的警吏绝不

---

[1] 语出西塞罗《论司法》第33章第3节。

应该用四种人：那种包揽诉讼的讼棍；借司法谋求私利的法院寄生虫；狡黠之徒；敲诈勒索之徒。有人把法院比做灌木，当有困难的人像逃避风雨的羊一样钻入丛中，难免总会刮伤些皮毛。而如果法庭中有了这几种人，那么恐怕就不仅是掉点毛的事了。但是另一方面，如果法官的助手们个个正直而富有经验，则是相当难能可贵的。

第四，关于与君主和国家的关系。每一名法官首先应当牢记罗马十二铜表法结尾的那个警句："人民的安全就是最高的法律。"应当知道，一切法律如果不以这一目标为准则，则所谓公正不过就是一句空话，而所谓法律也不过是无法兑现的预言罢了。法官与君主和政治家负有共同的使命，他们应当携起手来，避免司法与政治发生矛盾。在制订政策时，执政者要考虑到法律。在执法时，司法者要考虑到政治利益。司法上的重大错误，有时甚至可以引起政治变乱乃至国家倾覆之危机。所以，法律与政策绝不是对立的，而是密切相关的。在所罗门王的宝座前，站着两只狮子。法官就是王座前的狮子，但他们也应清楚地知道，狮子毕竟只是狮子，只能蜷伏在王座之下，而不能凌驾于君权之上。法官的最高职责，就是贤明地依据法律做出公正的裁判。对这一点，圣保罗讲得好：

"我们知道法律体现着正义，但这也要人能正确地运用它。"[1]

---

[1]《圣经·圣保罗致提摩太前书》第1章第8节。

五十七　论愤怒

斯多葛派哲学家[1]主张人应该杜绝愤怒,但这是不可能的。对此我们有一种更好的见解,这就是神的告诫:"可以激动,但不可犯罪;可以愤怒,但不可含愤终日。"[2]也就是说,对愤怒必须从程度和时间两方面加以节制。我们来讨论三个问题:

一、怎样克制易被激怒的天性;

二、怎样避免因发怒而造成不可收拾的恶果;

三、用什么方法可以使人激怒和息怒。

关于第一点,最好的办法就是在将要动怒时,冷静地想想可能由此招致的恶劣后果。塞涅卡说:怒气有如重物,将破碎于它所坠落之处。《圣经》教导我们:"忍耐使灵魂宁静。"[3]如果人类丧失了忍耐,也将丧失灵魂。人绝不可像蜜蜂那样"把整个生命拼于对敌手愤怒的一螫中。"[4]

[1]斯多葛派是古罗马哲学流派之一。下文中的塞涅卡即此派中的一位学者。
[2]语出《新约·以弗所书》第4章第26节。
[3]见《路迦福音》第21章第19节。
[4]引自维吉尔《诗篇》。

易被激怒是一种卑贱的情感,受它摆布的往往是生活中的弱者,如儿童、妇女、老人、病人。所以人们一定要注意,当你被激怒时,应努力在愤怒的同时给对手以蔑视,绝不可在愤怒中表现出畏惧。这可以使你在精神上略胜一筹。这完全可以办到,只要有自信。

关于第二点。在3种情况下人容易发怒:第一是过于敏感的人。他们的神经太脆弱,一点小事就足以激怒他们。其次是认为自己受到轻蔑的人。被人轻蔑最容易激起怒气,其后果远远胜于其他伤害。最后是那种认为名誉受到损害的人,也易愤怒。为了防止这种情况,需要加强自信,诚如高德瓦[①]所说:"人的荣誉之网应当用粗绳索来编制。"——即坚固程度非他人所能轻易摧毁。

人在受伤害后最好的制怒之术是等待时机,克制怒气,把复仇的希望寄托于将来。

人在愤怒时千万要注意两点:第一不可恶语伤人,这不同于一般的发牢骚,它会因而植下怨毒之种;第二不可因怒气而轻泄他人的隐秘,这会使人不再被信任。总之,无论在情绪上怎样愤怒,千万不能在行动上做出无可挽回的事来。

最后,关于激人发怒之术,与息怒之术相同,关键在于把握好时机。人在急躁或心情不好时最易激怒,这时若把所有能令他不快的事都加之于他,并再带着一些轻蔑的侮辱,这是任何

[①] 高德瓦,中世纪西班牙武将。

人都难以忍受的。而若要防止一个人的怒火，第一在谈一件可能使他被激怒的事前，一定要选择恰当的时机和场合，第二要设法解除使人觉得受到轻蔑而有被辱之感，可以把这种伤害解释为并非蓄意，而是由于误会、激动或其他什么原因，而绝非出自于蔑视。

五十八　论变迁

所罗门说："这世间本无新奇的事物。"①柏拉图也认为，一切知识不过都是旧知的回忆。所罗门恰好也有相似的见解，他认为，"所有被认为新奇的事物，都只是由于已被人们遗忘了而已。"②

照此说来，那条地狱中的"忘川"③，似乎也同样流淌在人世间。但又有一位高深莫测的占星家④说过："除了两种永恒之物，世上再没有任何恒久不变的东西。"他所谓两种永恒之物就是：

第一，天上的恒星。第二，行星的运行轨道。

毋庸置疑，世间万物常变不息，永无休止，但最终无不被一张大尸衣席卷而去。所谓的尸衣，就是地震与洪水。至于火灾与旱灾，却似乎并不能完全毁灭人类。

①《旧约·传道书》第1章第9节记所罗门之言曰："有之事，后必再有。已行之事，后必再行。日光之下并无新事。"

②同上书第11节："从前之事今世无人记得，将来之事将来的后世亦不会记得。"

③即希腊神话之冥河，人死后涉入冥河一饮其水而忘却一切往事。

④不详。详见培根所著《物理论》第1卷第10章，培根称其为"第一位现代人"。

日神之子驱车狂轰也不过只跑了一天。①伊利亚时代的那场大旱也无非延续3年。②至于西印度岛上神秘的天火,其燃烧的范围也是有限的。③但一场巨大的洪水与地震,却完全可以毁灭一切。如果我们仔细研究西印度群岛的历史,就会发现他们的历史似乎很短,而最可能的是,他们正是地震或洪水劫后的幸存者。有位埃及僧人曾告诉梭伦:"大西洋中曾有一个巨大海岛在一次地震后被海水吞没了。"尽管地震在那个地区似乎并不多见。但另一方面,美洲的河流却声势浩大,旧大陆上的大河与之相比也不过只是小溪而已。那里的山峰也比我们这里要高得多,例如安第斯山就是如此。假如没有这些高山,当地那些居民可能到今天早就被淹没在那些洪水中了。

马基雅弗利则认为,宗教教派间的斗争也可以使人们暂时忘却历史。但我看这种狂热却很难持久,例如主教一换,宗教方针也就可能随之而变了。天体的变迁不是应该讨论的。也许当宇宙各种星球经历了柏拉图所谓的"周期"之后,一切发生过的事物就还会重演一次。当然这种重演是广义的,倒未必是指所有一切都要再次重现。彗星的周期是明显的,它对人间事物的影响力到底有多大?天文学家们至今只是关心它的运行方式,却很少注意它们给人类带来的影响。此外,也往往忽略了各种彗星的分类。

---

①希腊神话中日神乘坐战车,驾车者是其子法厄同,但日车因之狂奔,天地大乱,宙斯为之震怒;以霹雳击死法厄同,复命日神驾车。

②3年大旱事见《旧约·列王纪》第17~18章。伊利亚即犹太先知。

③似指南美洲火山。

我曾听说荷兰人有一种奇特的信念，认为每隔35年，便会有同样的年成和气候出现。如霜、雪、大雨、大旱、暖冬、凉夏等等。我所以特意提到这一点，是因为我回顾过去好像确实观察到了这种情况。而人世间的演变，其中最重要的事应当属于宗教，因为宗教是人类灵魂的支配者。真正的宗教必然具有坚如磐石的基础，而各种异教则只是漂浮于时间海洋中的泡沫。至于新宗教的兴起需要什么样的条件，我也想谈谈我的浅见。

当人们对于现有的教义发生意见分歧时，当主教及宗教领袖的生活腐败、行为不检时，当一个时代既愚昧而又野蛮时，那么只要有人倡导，就有可能出现一种新的宗教。穆罕默德当年就是如此。但假如没有以下两点，这种新教派就不可能被广为传播。第一是出现了对权威的蔑视。第二是人们行为的放纵无忌。

至于思想上的异端邪说，虽然可以败坏人的心灵，却很难结成强大的力量，除非借助于政治上的支持者。新宗教的创立，往往需要借助三种形式：一是利用"奇迹"或"神迹"，二是利用宣传，三是利用武力。殉教杀身的行为，也属于奇迹范围之内，因为这种行为往往被看作是一种超人的精神力量的显现。虔诚的修炼，也同样应包括于奇迹中。防止异端兴起的最好方法，是改革旧宗教已有的弊端。对于枝节之争，应力求妥协。处理方法要灵活，尽量避免迫害和流血。对于异端的首领，与其压迫他们，不如以说服和提升的方法争取他们为自己所用。

在战争中，局面变得往往很快。这里有三种因素：一、战场；二、武器；三、战术。在古代，战争往往来自东方。波斯、亚述、阿拉伯、鞑靼这些侵略者都是东方人。高卢人是西方人，但在欧洲历史上他们只发动过两次战争。一次是古柯西亚，一次是古罗马。此外，我们在历史上经常看到北方民族侵略南方，由此可见北方是好战的民族，究其原因，不知是由于战神在北，还是由于北方的地气寒冷，使人性也变得冷酷了呢？内战常是国家支离破碎的原因。因为统一的力量一旦不存在，国内不同的民族就可能千方百计寻求独立的机会。罗马帝国就是这样灭亡的，查理曼帝国也是如此，西班牙帝国早晚也会如此。一个称霸于世的国家，迟早会灭亡。一个人口太多的国家，也是如此。人口压力如果大到本国养活不了的程度，就不得不移民于外部。和平的方式不行，就只好采用武力。

关于战争的武器，在不同的时代变化也不同。印度人很早就发明了火炮，而据说中国人在几千年前已经发明了火药。这种武器的发明，使人们可以远距离作战，从而减少人员伤亡的危险。一直以来对武器的要求是，既要灵巧轻便，又要有大的杀伤力。

至于作战的战术，最初人们依靠的是战士的数量，后来开始逐渐重视技巧和策略，包括运用地形、埋伏与迂回等等。

当一个国家初步创立时，往往重视武力。及至基础稳固，就转而重视教育与学术。而在它成熟的时期，将会特别重视工业和贸易。学术也有儿童时代，那时它才萌芽而且往往是幼稚的。在少年时代，它是旺盛但却浅薄的。此后才能进入灿烂辉煌的成年期，而鼎盛时代一过，它就会不可避免地进入中年时代的衰微和枯萎。

以上我们展望了变迁转动的历史之轮。这是足以令人头昏目眩的。至于验证这些理论的史事，就不宜由本文来一一引证了。

弗三西斯·培根年谱

　　1561年　1月22日生于伦敦市斯特朗大街,泰晤士河边的约克大厦(掌玺大臣官邸)。父亲尼古拉·培根是掌玺大臣,母亲是父亲的第二任夫人安妮·库克,培根是家中最小的儿子。其母亲安妮对新教有深厚的信仰,并通晓数国语言,是当时的才女,据说培根幼年受到母亲的影响很大。尼古拉·培根与其第一位夫人生有二子,与安妮夫人生了两个儿子。

　　1573年　12岁　4月5日,12岁又3个月的培根,与兄长安东尼·培根一起进入剑桥大学的三一学院。指导教师是以后的坎特伯雷大主教赫伊特基夫特。10月10日获得正式的入学许可。

　　1575年　14岁　3月,与安东尼均没有获得学位,就离开大学。

　　1576年　15岁　6月27日入格雷法学院。这是英国中世纪以来的四大法学院之一,在英国若想成为律师或法官,就必须先成为该院法学会的会员。培根一生都与格雷法学院有密切关系,该校校园也出自培根的设计。11月27日,他成为该学院的重要会员之一。同年9月作为驻法大使爱米亚斯·包列爵士的随员前往法国。

　　1579年　18岁　2月20日,父亲尼古拉·培根突然去世,他返回英国。在父亲的遗书中,没有给培根留下任何遗产。

　　1580年　19岁　向姨父巴雷卿请求介绍工作,但没有结果。

　　1582年　21岁　6月,在格雷法学院取得初级律师资格。

　　1584年　23岁　1月23日,当选莫卡姆·里吉斯地区的议员。到

1618年当贵族院议员为止，在许多选区当选为议员。

1585年　24岁　执笔写《时间所诞生的》(致伊丽莎白女王的建议书)。

1586年　25岁　成为格雷法学院职员。10月29日在特恩顿地区当选议员。

1587年　26岁　2月8日，苏格兰女王玛丽在伦敦塔被处死。

1588年　27岁　成为格雷法学院讲师。

1589年　28岁　2月2日，在利物浦当选议员。10月29获得最高法院书记官继承权(20年后实现)。

1590年　29岁　匿名(弗兰西斯·渥尔希卡姆)写书简，表示赞成女王拥护英国国教会的措施。

1591年　30岁　从这个时期开始，与女王的宠臣艾塞克斯伯爵来往。

1593年　32岁　在中瑟克斯地区当选议员，在议会的演说中，因对女王捐献金钱问题与贵族院的意见不合，招致女王的不愉快。

1594年　33岁　1月25日，作为律师开始上法庭。艾塞克斯伯爵虽然推荐他担任检察官及司法部次长，但未能实现。7月27日，剑桥大学颁给培根文学硕士学位。

1595年　34岁　艾塞克斯伯爵为帮助培根，赠给他托维克那姆·巴库的土地。

1596年　35岁　可能是在这一年，成为特命的王室法律顾问。

1597年　36岁　1月30日出版《人生论》、《神圣的沉思》、《关于善与恶》。执笔写《法学原理》，于1602年出版。同年，想与富有的哈登夫人结婚，未成。10月24日，在索山普顿地区当选议员。

1598年　37岁　执笔写《关于人类的生活》。9月3日，因负债问题被捕。不久释放。

1599年　38岁　3月27日，艾塞克斯伯爵远征爱尔兰。丧失大部分军队后，于9月28日回国，女王对他不满。培根就这个问题，多次写信给伯爵提出忠告。

1600年　39岁　成为格雷法学院双层领导者。6月5日，参加在约克大厦对艾塞克斯伯爵的审判。据说培根此时考虑到自己对女王的立场，所以采取了严峻的态度，可是艾塞克斯伯爵在6周后被释放。

　　1601年　40岁　2月8日，艾塞克斯伯爵企图以武力政变，失败被捕。19日，艾塞克斯伯爵出席索山普顿伯爵的审问。25日，艾塞克斯伯爵被处死刑。培根起草《艾塞克斯伯爵罗伯特叛乱之计划及执行之报告》。5月，哥哥安东尼去世。10月27日，以伊布斯维奇、圣·亚尔宾郡选出的议员身份，参加伊丽莎白王朝最后的议会。

　　1603年　42岁　3月24日，伊丽莎白女王去世。7月，由苏格兰王詹姆斯六世即位英国国王，成为詹姆斯一世。7月23日，培根与其他300人，同被封为爵士。开始执笔写《学术的进步》。出版《英格兰与苏格兰两王国的幸福婚姻》。也开始执笔《解释大自然秩序》。

　　1604年　43岁　3月，以伊布斯维奇、圣·亚尔宾郡选出的议员身份，参加詹姆斯一世的第一次议会。为英格兰与苏格兰的合并问题活动，开始执笔写《关于英格兰与苏格兰两王国合并的论证及研究》、《关于对故艾塞克斯伯爵的指责——培根的解释》、《关于英国国教会更进一步融和与教化的研究》(1640年出版)。8月18日被任命为国王法律顾问，年薪60英镑。

　　1605年　44岁　10月出版《学术的进步》。

　　1606年　45岁　5月10日，与亚丽丝·巴汉结婚。

　　1607年　46岁　6月25日，被任命为司法部次长，年收入1000英镑。很可能是在这一年执笔写《反省与思索》(1653年出版)。

　　1608年　47岁　7月16日，被任命为最高法院书记官。将《关于英国的真正伟大性》献给国王。

　　1609年　48岁　1月1日，将《爱尔兰殖民论》献给国王。出版《古人的智慧》。

　　1610年　49岁　8月，母亲安妮·培根去世。

　　1611年　50岁　主持出版《钦定英译圣经》。

　　1612年　51岁　《人生论》第二版出版。5月，培根的堂弟索亚兹贝里伯爵去世。没有竞争者后，培根开始在政界活跃。参与设立禁城法院，并成为法官。组织财政委员会,成为其中一员。

1613年　52岁　10月20日,被任命为法务部长。

1614年　53岁　成为伊布斯维奇、圣·亚尔宾郡及剑桥大学所选的议员。

1616年　55岁　6月9日,成为枢密院大臣。开始执笔写《向国王陛下建议关于英国法律之编纂修改》。

1617年　56岁　3月7日,被任命为掌玺大臣。

1618年　57岁　1月7日成为大法官。7月9日,被封为男爵。

1620年　59岁　10月12日,出版《新工具》。

1621年　60岁　1月22日,在约克大厦举行盛大的生日宴会。27日被晋封为子爵。30日,在詹姆斯王朝第三次议会中,以受贿嫌疑被起诉。3月17日在贵族院接受调查,5月1日被剥夺掌玺大臣职位。5月3日,贵族院判其渎职罪。6月被幽禁在伦敦塔,两个月后被释放。10月,隐退伦敦郊区。

1622年　61岁　出版《亨利七世传》、《自然及实验史》。开始执笔写《生命与死亡的历史》。

1623年　62岁　执笔写《生命与死亡的历史》。出版拉丁语版《学术的进步》、《亨利八世传》。

1624年　63岁　开始执笔撰写《与西班牙之战研究》(1629年出版)、《译诗选》、《格言集》、《新大西岛》,1627年出版。

1625年　64岁　3月,詹姆斯一世去世,查里斯一世即位。《论文集》第三版出版。

1626年　65岁　3月底,下雪天在伦敦北郊的海格特做冷冻实验受凉致病,4月9日去世,埋葬于葬有他母亲的圣·亚尔宾的圣马可教堂。

读 书 笔 记

___年___月___日